하야켄
일러스트 아키타 히카
"오랜만이네, 렌!
언젠가 다시 만나고 싶었지만,
이런 곳에서 만나다니!"
CHARACTER
에밀리 모레츠
VRMMO 학원에서 즐거운 마개조 가이드 5
~최약 직업으로 최강 대미지를 뽑아봤다~

이것이 여름의 풍물시—.
게임 세계의 잿날을 모두 함께
마음껏 즐기겠습니다!!

"와아—!
굉장해~ 이런 건
처음이야아아아아아!"

"상관없다만?
상대해주도록 하지.
자, 소녀여.
이리로 올라오도록."
아키라는 기뻐하면서
대전대로 달려갔다.
시즈쿠 씨는 아키라가
대전대에 오르자
미소를 보였다.
CHARACTER
시즈쿠

즐거운 VRMMO 학원에서 마개조 가이드 5

~최약 직업으로 최강 대미지를 뽑아봤다~

하야켄 지음
아키타 히카 일러스트
이경인 옮김

A Guide to Happy Devil Mods
at VRMMO High School

CONTENTS

제 1 장 이세계 사마르

"후아아아암~~ 배고파졌네. 엄마 좋은 아침, 아침밥 줘."

아침에 일어난 나는 부엌에 선 엄마에게 가서 아침밥을 요구했다.

엄마는 졸린 건지 깨어 있는 건지 모를 흐리멍덩~ 한 눈으로 나를 봤다.

"어머나아, 렌. 평소보다 늦지 않니? 학교 괜찮은 거야아?"

"괜찮아 괜찮아! 오늘부터 여름방학이니까!"

그렇다. 길드 대항 미션으로부터 한동안 시간이 지나서, 기말고사를 한 번 더 보고, 오늘부터 여름방학이다.

"오늘도 기운차네에? 여름방학 예정은 어쩔 거니이? 렌."

"당연한 소리를— 시간에 속박되지 않고 마음껏 게임 해야지!"

여름방학 중에는 당연하게도 수업이 없다.

그러나 언리미티드 월드, 즉 UW에 로그인하는 건 가능하다.

게다가 평소와 달리 강제 로그아웃 시간도 없는, 24시간 개방이라는 축제 상태다.

이러면 마구마구 할 수밖에 없지! 해보고 싶었던 검증을 완벽하게 해낼 시간도 얻을 수 있다.

평소의 아침 여섯 시부터 밤 열 시까지라는 로그인 시간 제한 아래에서는 아무래도 공략이라든가 렙업이 우선되어서 검증 같은 건 소홀해지기 십상이었으니까.

하고 싶은 검증 항목이 쌓여있단 말이지!

“아하하하. 평소대로라는 거네에. 그럼, 아침밥은 어제 남은 카레면 되겠니?”

“여름방학 한정 이벤트 같은 것도 있으니까. 그러니 할 수밖에 없지! 카레 잘 부탁해!”

여름방학 기간 한정 이벤트도 이것저것 있다고 하니까, 검증충 일이 아니더라도 여러모로 할 일이 있을 거다.

아침을 먹고 나서는 바로 로그인해서 아키라와 만날 약속을 잡았다.

아키라가 하고 싶은 여름방학 이벤트를 할까, 내가 하고 싶은 검증을 할까— 먼저 그 우선권을 결정하게 되겠지.

또 훈련소에서 듀얼로 결판을 내려나…….

나는 엄마가 꺼내준 카레를 먹으면서 그런 생각을 했다.

그러다가 별생각 없이 TV를 켜자, 뉴스 시간이었다.

『경제산업대신 아오야기 씨가 시찰 중 교통사고에 말려들어 다리가 골절되는 중상을 입었습니다.』

그런 음성이 들려왔다.

"응?! 이거 아키라의 할아버지잖아!"

그렇다니까. 최근 개각을 해서 아키라의 할아버지가 대신이 되었다.

정치가를 하고 있다고 들었는데, 이렇게나 높은 레벨일 줄이야—.

아무 생각 없이 뉴스를 보는데 갑자기 아오야기라는 이름이 나와서 혹시나 해서 들어봤더니 그렇더란 말이지.

그나저나 괜찮은 건가—? 나중에 아키라에게 물어볼까.

조금 늦은 아침을 먹은 나는 바로 UW에 로그인했다.

시간은 약속 시간인 열한 시에 딱 맞췄다.

내가 길드 하우스 거실에 로그인하자, 이미 아키라가 로그인해서 기다리고 있었다.

설치해둔 소파에 앉아서 류를 끌어안고 놀던 모양이었다.

"안녕, 아키라! 류!"

"아, 렌 좋은 아침~!"

"뀨~ 렌 좋은 아침~."

류도 말이 점점 능숙해지고 있네.

어른 용이 되면 말투도 어른스러워질까?

"이봐, 아키라. 뉴스에서 봤는데 할아버지 괜찮아?"

"아~ 응. 그거 때문에 말인데— 미안! 할아버지, 생명에 지장은 없지만 입원하셔서— 오늘은 내가 하루 종일 붙어있게 되었어. 아버지네는 집에 없으니까…… 그래서 바로 돌아가야 해."

"아, 그런가. 그거 큰일이네. 빨리 가드려."

"응. 미안해. 모처럼 약속했는데."

"아니아니, 긴급한 일이라면 어쩔 수 없잖아. 근데 일부러 올 필요 없이 문자라든가 보내주면 됐을 텐데—."

"으음…… 내일부터는 다른 집안일이 있어서 며칠은 못 오거든. 지금 이때 렌의 얼굴을 봐둘까 싶어서~."

"언제나 보잖아?"

"응. 반대로 언제나 보고 있으니까, 한동안 못 보면 진정이 안 될 것 같아서."

"그런 건가~?"

"그렇다니까. 렌도 지금 이럴 때 내 얼굴을 잘 봐둬야지. 한동안 못 보니까~. 본다면 지금 이때뿐이거든~?"

그러면서 내 뺨을 콕콕 찔러댔다. 아키라가 나를 놀릴 때 하는 동작이다.

"그만두라니까. 훗, 그럼 쳐다보기로 할까~!"

나는 그렇게 말하며 아키라의 소드 댄서 복장의 가슴팍을 빤히 바라봤다.

변함없이 근사한 완성도— 크고 하얗고 예쁘다.

"잠깐…… 저, 정말이지! 그쪽이 아니거든! 우우우우…… 부끄럽단 말이야~!"

"좋아. 엄청 봤어! 괜찮아!"

"정말~! 나 말고 다른 사람한테는 그런 짓 하면 절대 안 되거든? 정말 체포된다니까? 알고 있어?"
"그럼, 알고 있다고!"
"정말이려나…… 뭐, 그럼 나는 이만 갈게?"
"그래, 할아버지 잘 돌봐드리고."
"응, 알았어. 그럼 나중에 봐~! 렌!"
"응, 나중에 보자!"
웃으면서 손을 흔든 아키라의 모습이 반투명해지며 사라졌다.
로그아웃한 거다.
자, 그럼. 남은 건 나와 류, 한 명과 한 마리다.
마에다도 야노도 볼일이 있다고 했으니까.
"그럼 어떻게 할까. 예정이 없어져 버렸네—."
검증 작업도 아키라의 도움이 필요하니까…….
그럼 혼자서 여름방학 이벤트라도 봐둘까—?
아, 그리고 문장술사용 새 마법이 최근 업데이트로 추가되었다고 한다.
아직 익히지 않았으니까, 그걸 익히러 갈까? 새 마법이라니 두근두근하잖아.
문장술사는 노답스의 왕이니까, 용도가 미묘한 마법일지도 모르지만—.
그래도 내 직업의 마법인 이상, 익히지 않을 수는 없지!

"좋아…… 가끔은 솔로로 마법을 익히러 가볼까요—! 가자, 류!"

"뀨~ 외출 외출~!"

나는 류를 어깨에 태우고 길드 하우스를 나왔다.

자, 화제의 문장술사용 새 마법의 입수 방법은 이미 판명되어 있다.

이 부유도시 티르나의 상점가에서 하는 제비뽑기다.

그 경품에, 새 마법이 담긴 스크롤이 추가되었다고 한다.

제비뽑기권은 부유도시 티르나 안의 가게에서 물건 몇 개를 사면 받을 수 있다.

단, 플레이어 가게인 길드숍이 아니라 NPC가 경영하는, 이른바 일반적인 가게가 대상이다.

품목이 다소 바뀌기는 하지만, 그렇게 레어한 게 있는 건 아니라서—.

솔직히 어느 정도 레벨에 다다르면 이용하지 않게 되고, 길드숍이나 거래가 메인이 된다.

품절이 없으니까 합성 등을 위한 소재를 조달하기는 좋지만, 레어템을 보유한 건 아니다.

그래서 기본적으로는 소재가 대량으로 필요한 경우에 한꺼번에 사는 정도다.

길드숍에서 사는 게 더 싼 경우도 많은지라, 수고를 아끼지 않는다면 다수의 가게를 돌면서 조달하는 게 좋다.

제비뽑기를 노리려면 평범한 가게에서 사지 않을 수가 없긴 한데.

그러나 지금, 나는 그렇게 돈이 많은 게 아니다.

가게에서 한꺼번에 사버리면 바로 다 떨어질 거다.

그런 당신에게 추천하는 것이, 제비뽑기권을 보수로 받을 수 있는 퀘스트입니다.

부유도시 티르나에 있는 소녀 NPC 미나가 심부름 도중에 떨어뜨린 물건을 찾아준다는 취지의 퀘스트다.

나는 바로 미나를 만나러 갔다.

“저기저기, 엄마가 『고급 슬라임 젤리』를 세 개 부탁했는데, 떨어뜨렸어! 이대로 가면 혼날 거야~.”

“좋아, 알았어. 내가 찾아줄게!”

“정말? 오빠 고마워~.”

딩동, 시스템 알람. 그리고 메시지도 표시되었다.

퀘스트 『미나가 떨어뜨린 것』이 발생했습니다.

【퀘스트 개요】

미나가 엄마에게 부탁받은 심부름 도중에 물건을 떨어뜨리고 말았다.

어떻게든 똑같은 것을 입수해서 미나를 도와주자.

음. 퀘스트가 발생했다.

이 퀘스트는 반복 OK인 계열이지만, 매번 지정되는 아이템이 다르다.

지정된 것을 주면 퀘스트 클리어. 입수 방법은 따지지 않는다.

그리고, 이번에 지정된 『고급 슬라임 젤리』는…….

그럭저럭 값이 나가는 소재라서 사냥하는 편이 낫다.

내 아이템 운은 평균 이하지만, 어쩔 수 없겠네.

『고급 슬라임 젤리』는 슬라임계 적이 드롭하는데, 고급은 그럭저럭 레벨이 되는 슬라임계밖에 떨구지 않는다.

구체적으로는 레벨 70 이상의 슬라임계다. 지금의 내 레벨은 77이다.

그럭저럭 스릴 있는 소재 채집이 될 것 같군…….

그래서 나는 레벨 70 이상의 슬라임계가 있는 니카라이 습원(濕原)이라는 지역으로 향했다.

이곳은 코코루가 사는 미슈르 대륙 외각에 위치하는 비경 지역이다.

도시 같은 건 없고, 비공정 발착항(發着港)을 제외하고는 광대한 습원이 펼쳐져 있다.

나는 저번에 아키라와 관광하러 온 적이 있어서 워프로 날아가는 게 가능했다.

그래서 이동에 시간을 들이지 않고 올 수 있었다.

"그나저나 참 넓기만 한 지역이네~."
"뀨뀨뀨~♪ 넓어~♪"
류는 탁 트인 곳이 기분 좋은 모양이다.
주변을 휙휙 날아다니고 있다.
"이 녀석~ 너무 멀리 가면 안 돼~ 잃어버리니까."
"뀨~♪ 렌~ 찾았어~."
딩동. 알람이 오더니, 이어서 로그가.

류는 『고급 슬라임 젤리』를 찾았다!
렌은 『고급 슬라임 젤리』를 손에 넣었다!

나왔다. 우리 류 씨의 『오토 채집』!
역시 유능한 수호룡은 뭔가 다르다니까!
"오오, 나이스야 류! 덕분에 살았어, 고맙다!"
"뀨뀨~♪"
"좋아, 앞으로 두 개 남았어 두 개. 슬라임을 찾아보자."
나는 한동안 길을 나아갔고—.
이윽고 목적한 슬라임을 발견했다.

머디 슬라임　레벨 72

약간 커다란 물웅덩이 기슭에서 갈색 슬라임이 꾸물거리

고 있었다.

"좋았어, 잡아볼까—!"

먼저 내 발밑에 광범위 디스트라 서클을 전개.

여느 때처럼 오의 전 NP 버리기 행위다.

그리고, 떨어진 적을 낚기 위해 대롱 화살을 꺼냈다.

그냥 낚시 용도여서, 사용하는 화살은 아무런 특수 능력이 없는 노멀이라도 괜찮다.

참고로 이 대롱 화살도 제대로 지금 레벨의 소재— 다마스쿠스 잉곳제로 만들었다.

정말로 레벨이 올라가면 올라갈수록 러닝 코스트가 급증한다니까.

현실에서도 게임에서도, 로망을 추구하려면 돈이 드는 법이다.

렌의 공격! 머디 슬라임은 공격을 회피했다!

역시 VIT(내구)에 몰빵해서 그런지 명중에 DEX(재주)가 필요한 행동은 스치지도 않네.

회피 무효가 아니면 제대로 대미지를 넣을 수조차 없다.

레벨이 올라가면 올라갈수록 이런 경향이 극단적으로 심해진다. 이건 이제 신경 써봤자 별수 없다.

어쨌든 적을 낚기만 하면 되니까, 딱히 빗나가도 상관없기도 하고.

공격을 당한 머디 슬라임은 나를 향해 꾸물꾸물 기어왔다.

"미안하네— 미나와 나의 새 마법을 위해 『고급 슬라임 젤리』를 내놔라! 오의 『데드 엔드』!"

서거어어어억!

보라색 레이저 블레이드 같은 참격 이펙트가 머디 슬라임을 후려쳤다.

렌의 데드 엔드가 발동. 머디 슬라임에 4632의 대미지!
렌은 머디 슬라임을 쓰러뜨렸다.

"……그것뿐이냐!"

『고급 슬라임 젤리』를 가지고 있다는 로그가 필요했다고! 로그가!

"그럼 다음—으로 가기 전에 재사용 대기시간인가—."

오의를 구성하는 『턴 오버』와 『파이널 스트라이크』의 재사용시간은 5분이다.

아키라가 있으면 즉시 재사용시간을 제로로 해주니까 상관없었지만, 혼자일 때는 멍하니 기다리는 기간이 발생한다.

게다가 『데드 엔드』 한 방에 무기가 파괴되어 사라지니까 상당한 돈이 날아간다.

내 로망포 스타일은 솔로로 잡몹을 사냥하는 데는 치명적으로 어울리지 않는다.

나는 그래도 상관없지만, 세상 사람들이 문장술사를 다시 보게 만들어서 인기 직업으로 끌어올리려면 이런 상황에서의 사용감 향상이 필수다.

그걸 위한 전술을 만들어서 포교하지 않으면, 문장술사는 언제까지나 노답스 취급일 거다.

솔로잉에서의 사용감도 직업 평가상으로는 중요한 항목이니까.

"으~음. 다음에는 일단 무기 파괴는 없이 뭔가 사냥해 볼까—."

이 재사용 대기시간에 잠깐 고민해보자.

5분 후—.

일단 각종 스킬의 재사용시간을 기다리던 나는 움직였다.

대기할 동안 쉬어서 HP도 MP도 완쾌됐다.

"좋아, 가자. 류!"

"뀨우~♪ 발견~ 발견~."

딩동

류는 『고급 슬라임 젤리』를 발견했다!
렌은 『고급 슬라임 젤리』를 손에 넣었다!

오오, 굉장해! 핀포인트로 뽑았잖아! 나이스야!
"고맙다, 류! 좋았어, 앞으로 한 개만 더 한 개!"
나는 다음 슬라임을 찾았다— 있다!

머디 슬라임 레벨 72

이번에는 늪에 걸린 다리 위에 슬라임이 길을 막듯이 머물고 있었다.
"좋았어— 디어질 서클!"
MP 버리기 및 마라톤용으로 둔화 필드를 유를 타깃으로 발동.
류를 타깃으로 하고 있다면 스킬 『타깃 마커』의 효과로 인해 발동한 서클이 류를 따라서 움직이게 된다.
그렇게 해놓고—.
"『턴 오버!』"
에서—.
나는 대롱 화살을 들고 겨눴다.
장전한 건 상대에게 독 효과를 주는 『독화살』이다.
그리고 대롱 화살 아츠인 『그림자 화살』을 발동!

『그림자 화살』의 효과는 이렇다—.

〈효과〉 암기술. 사각을 찌르는 눈에 보이지 않는 화살을
쏜다. 1회 공격.
한 전투에 1회만 발동 가능.
현재 HP가 낮을수록 추가 효과 성능과 발동률 업.
방어력 무시. 회피 불가.

렌의 그림자 화살이 발동! 머디 슬라임에 75의 대미지!

대미지를 받은 슬라임이 나를 향해 공격을 날려왔다.
그러나, 내게는 디어질 서클을 전개한 류가 붙어있다.
서클을 밟으면 적은 둔화되기에, 조금만 움직여도 일정 거리를 유지할 수 있어서 따라잡히지 않는다.
평소에도 자주 하는 마라톤 전술이다.
이걸로 HP를 도트딜로 서서히 깎는다는 전술이었다.
이거라면 『파이널 스트라이크』를 쓰지 않으니까 무기 파괴를 당하지 않으니 경제적이다.
그러나—.
"어라, HP가 안 줄어드네……?"
한동안 마라톤을 했는데, 슬라임의 HP가 전혀 줄지 않았다.
어라, 『그림자 화살』을 맞지 않았나……? 그건 회피 불가니까 빗나갈 리가 없는데.

나는 로그를 다시 보고— 눈치챘다.

렌의 그림자 화살이 발동! 머디 슬라임에 75의 대미지!

이렇게 나왔을 뿐이다. 그것에 뒤이은『머디 슬라임은 독에 걸렸다』는 로그가 없다!

다시 말해—.

"아뿔싸, 이 녀석 독 내성이 있나!"

이거 곤란한데—.

암기계 아츠는 한 전투에 한 번만 발동할 수 있다.

게다가 종류를 따지지 않는다.

즉, 대롱 화살 아츠『그림자 화살』을 사용하면 지팡이칼의『발도술』도 사용 불가능한 플래그가 선다.

사용한 뒤에도 전투 중에 새로운 암기를 합성해서 입수하면 판정을 회피할 수 있지만, 대롱 화살도 지팡이칼도 동시에 두 개 들 수는 없기 때문에 새로 합성할 수도 없다.

즉, 이제 이 전투에서는 암기계 아츠나 그걸 조합한 오의를 쓸 수 없다는 거다.

"어쩔 수 없네! 두들겨 팰까!"

나는 포션을 사용해서 HP를 조금 회복.

그리고 마라톤을 멈추고 슬라임을 정면에서 마주했다.

『러싱 링』을 입수한 이후, 내게는 격투·몸통박치기 기능도 있다.

적의 공격을 지팡이로 가드하면서, 일반 공격인 숄더 태클로 HP를 깎는다.

VIT 몰빵인 나의 가드는 단단하다.

가드 모션만 실수하지 않으면, 가드 대미지는 전혀 받지 않는다.

나의 일반 공격은 일격에 60~70 정도지만, 상대에게 깨작깨작 타격을 줄 수는 있다.

이대로 가면 언젠가 이긴다! 그래야 했는데—!

머디 슬라임은 분열할 기세다!

그런 로그가 보이더니, 푸슈욱 하는 소리를 내면서 슬라임이 두 마리로 분열했다!

"아~ 젠장, 저질렀겠다!"

그렇다. 슬라임계는 분열할 수 있다—.

두들겨 패다가 상대방도 AP(아츠 포인트)가 차버린 것이다.

그래서 『대룡 화살』의 도트딜로 어떻게든 해보려고 한 거였는데, 첫수에서 실수할 줄이야—! 독 내성이라니!

무기 파괴로 돈을 날리는 걸 꺼렸던 결과가 이거다!

"좋아, 그렇다면— 디아츠 서클!"

레벨이 오르면서 익힌 서클 마법의 일종이다.

길드 대항 미션 단계에서는 마법 스크롤을 살 수 없었지만, 그 후에 익혀둔 것 중 하나다.

효과는 AP 습득률 다운이다.

AP 수치 자체를 서서히 줄이는 게 아니라, AP 습득 효율을 일반적인 수준의 절반으로 만든다.

이거면 적이 특수기를 쓰는 빈도가 내려간다.

사용하는 빈도가 내려가면 『분열』을 쓰기 전에 쓰러뜨릴 수도—.

머디 슬라임은 분열할 기세다!

네, 무리였습니다!

"으그그그극……!"

나는 세 마리로 늘어난 슬라임들과 격투를 계속할 수밖에 없었다.

그렇게 수십 분—.

"으그그그그그그극……!"

슬라임은 다섯 마리로 늘었다!

5대 1에다가 공격도 해야 하는지라, 가드도 점점 뚫리게 되었다.

그러나 VIT 몰빵인 나는 전차마냥 단단해서 대단한 대미지는 되지 않았다. 완전히 진흙탕 시합처럼 전개되고 있었다—!

인정하고 싶지 않다. 인정하고 싶지 않지만—.

아키라가 없으면 아무것도 못해에에에에에에~~~!

솔로잉으로 잡몹 사냥은 역시 무리구나!

평범한 플레이어에게는 손쉬운 소재 사냥터지만, 내게는 고행으로 변한다!

그럴 때였다—.

딩동.

류는 『고급 슬라임 젤리』를 발견했다!

렌은 『고급 슬라임 젤리』를 손에 넣었다!

"아……!"

세 번째, 왔다~~~~!

"뀨뀨~♪"

"후후후후…… 디어질 서클!"

나는 즉시 사용하는 서클을 바꿨다. 타깃은 류로.

"류~! 잘했어, 안아줄게!"

"뀨우~."

그리고 발을 빙글 돌렸다.

"오늘은 이 정도로 해주마~!"

도망 대사를 남기고, 그대로 비공정 발착항으로 유턴했다.

그곳에 전이 룸으로 돌아가는 워프 입구가 있다.

그나저나, 열심히 슬라임과 싸웠던 건 아무런 의미도 없었네—.

쓸데없는 노력이었다.

그러나 지금은 돌아가서 제비뽑기! 그리고 새 마법이다!

◆◇◆

부유도시 티르나로 돌아와서 미나에게 갔다.

"오빠 고마워~! 이제 야단맞지 않을 수 있어! 아, 답례로 이거 줄게~!"

"오오. 고마워!"

좋아, 『제비뽑기권』을 얻었다!

딩동. 시스템 알람. 그리고 메시지가 표시되었다.

퀘스트 『미나가 떨어뜨린 것』을 달성했습니다!

좋아좋아, 목표 달성!

또 퀘스트로 신세를 지게 될지도 모르지만, 다음에는 슬라임계 아이템은 아니었으면 좋겠다!

류가 없었다면 돈을 버리는 것 말고는 어찌할 도리가 없었으니까…….

게다가 쓸 때마다 재사용 대기시간이 발생해서 사냥 효율도 몹시 나쁘다.

나, 잡몹 사냥 성능에 문제가 너무 많잖아.

이런 캐주얼한 상황에서 쓸 수 있는 탤런트를 얻거나, 류씨에게 그런 능력을 익히게 할 수밖에 없을지도 모르겠다.

하지만 단순히 습득의 증표계 탤런트로 공격마법을 쓸 수 있게 하는 것도 좀 그렇지—.

그건 문장술사의 평가로는 이어지지 않으니까. 류에게 잡몹 사냥을 맡기는 것도 똑같다.

가능하면 문장술사다운 능력으로 클리어하고 싶다.

그러면 직업 자체의 평가도 올라갈 테니까.

그래도 찬밥 더운밥 가릴 수는 없으니까, 당분간은 습득의 증표계 탤런트로 공격마법을 쓰는 게 좋을지도 모른다—.

여름방학에 들어가기 전에 시험을 봐서 다시 MEP(메리트 포인트)를 받았으니까.

나는 그런 생각을 하면서 상점가 제비뽑기장으로 향했다.

1등부터 4등까지 경품이 있고, 각각의 등수에 다수의 경품이 있다. 그중 하나를 고르는 거다.

이번에는 여름방학 기간 한정 특별상도 있는데, 그건 여름방학 한정 지역 안에 있는 고급 리조트 초대장이라고 한다.

상점가 제비뽑기에서 하와이 여행권을 집어넣는 그런 건

가……?

그건 그렇고, 내가 원하는 문장술사용 새 마법은 3등에 있었다.

똑같은 추가 마법인데 마도사(위저드)용은 2등이라니 이거 차별 아냐? 어째서 랭크가 낮은 거야?

뭐, 입수가 쉬운 건 고맙긴 하지만—. 조금 슬퍼진다고!

"제비뽑기 부탁합니다~."

담당 NPC 아저씨에게 『제비뽑기권』을 내밀었다.

"오냐! 돌린다!"

앤티크풍으로 어레인지된 그 빙글빙글 굴리는 녀석이 돌아가더니—.

딸랑. 하얀 공이 데구르르 배출되었다.

"아~ 유감! 4등이구나!"

"……."

후우— 역시 나의 아이템운은 미묘하구나.

전혀 분위기를 띄워주지 않네!

아차상으로 포션을 받은 나는 한숨을 내쉬었다.

"후우…… 내가 이런 것에서 한 방에 나올 리가 없나. 아키라도 아니고."

그 천성적인 럭키 걸과는 가지고 있는 운의 양이라는 게 너무 다르다.

자, 그럼. 다시 미나 퀘스트를 하려고 해도 당장은 물건을 떨어뜨리지 않으니까, 시간이 지나지 않으면 퀘스트가 재발생하지 않는다.

“어떻게 할까. 길드숍 상품이라도 사야 하나.”

원재료 구입을 NPC가 운영하는 일반 숍에서 하면 『제비뽑기권』을 랜덤으로 받을 수 있다.

길드숍에서 구입하는 것보다 비싸지만— 조금이라면 괜찮을지도?

적자가 되지는 않으니까. 이익률이 조금 내려갈 뿐.

어쨌든, 지금의 내게는 『제비뽑기권』이 필요하다—.

“뀨~ 치킨~! 치킨~!”

갑자기 류가 그렇게 말하면서 뒤쪽으로 날아갔다!

“꺄아~! 포식하지 마라 꼬꼬~! 너는 왜 언제나 이러는 거냐 꼬꼬~!”

“응……?! 앗! 코코루잖아!”

류가 머리를 우물우물 씹는 바람에 도망치고 있는 건 틀림없이 코코루였다.

길드 대항 미션에서 우승한 그는 자기 나라인 미슈리아의 기사로 등용되어서, 복장이 기사풍으로 변했다.

그래도 그 코케족의 동글동글한 체형 그대로인지라 멋있다기보다는 코미컬하다.

“오오, 렌이잖아 꼬꼬~! 다행이다 꼬꼬~!”

“왜 여기 있어?”

"휴일이니까 놀러 왔는데 꼬꼬, 길드 하우스에 아무도 없었다 꼬꼬~."

"아아. 나 말고는 다들 오늘 볼일이 있는 것 같아서."

길드 대항 미션 종료 후, 각 길드의 영웅 후보 NPC들은 자기 나라로 돌아갔다.

단지, 우리는 그걸로 바로 코코루와 바이바이하는 건 쓸쓸했기에, 언제든 코코루가 놀러 올 수 있도록 태세를 정비해놨다.

구체적으로는 우승 길드에 준 포상인 원하는 아이템을 받을 수 있는 권리를 하나 써서『리턴 휘슬』이라는 아이템을 획득했다.

이건 설정해둔 워프 포인트로 단숨에 돌아올 수 있는 아이템이다.

몇 번을 써도 없어지지 않고, 아이템 재사용시간도 없다.

그 워프 위치를 우리 길드 하우스로 설정하고, 코코루에게 선물한 거다.

만장일치의 포상 사용법이었다.

참고로 아이템을 받을 수 있는 권한은 세 개고, 호무라 선배네와 동맹을 맺으면서 하나를 양보한다는 약속을 했기 때문에 우리가 자유롭게 쓸 수 있는 건 두 개였다.

하나는 코코루를 위해 썼고, 나머지 하나는 아직 쓰지 않았다.

우리는 무슨 일이 생겼을 때 쓰기로 정해놨다.

딱히 당장 교환할 것도 없는지라.

"그랬었구나 꼬꼬~. 아무튼 아무도 없어서 한가했다 꼬꼬. 그랬더니 전에 가게에서 소재를 구입할 때 받은 『제비뽑기권』이 남았던 걸 떠올려서 꼬꼬, 잠깐 보러 온 거다 꼬꼬~. 좋은 걸 뽑으면 렌네에게 선물도 줄 수 있으니까 꼬꼬."

"아아, 코코루가 구입도 맡아줬었지 참."

가끔 놀러 오는 코코루는 여전히 길드 숍 점포나 구입 등을 도와주고 있다.

상인의 아들이라 그런지, 기본적으로 가게 일을 하는 걸 좋아하니까.

"요전에는 바빠서 렌네에게 『제비뽑기권』을 주는 걸 깜빡했다 꼬꼬~. 지금 줄 테니까 써봐라 꼬꼬~. 제비뽑기하고 있었지 꼬꼬?"

코코루는 그렇게 말하면서 『제비뽑기권』 다섯 장을 내밀었다.

"오오, 다섯 장이나 있잖아! 이거라면 당첨이 나오겠어! 고마워 코코루!"

"원래 렌네 거다 꼬꼬~."

나는 『제비뽑기권』을 받아서 NPC 아저씨에게 건네줬다.

"좋았어! 다섯 번 더 해줘 아저씨!"

"오냐!"

이거라면 가능해—! 울든 웃든 다섯 번 더 할 수 있다!

"우오오오오오오!"

"4등! 4등! 4등! 4등! 자, 이제 한 번 남았구나!"

나는 바로 궁지에 몰렸다!

"으그그그극— 곤란한데……!"

"3등 노린 거냐 꼬꼬? 노리려고 하면 안 맞는다 꼬꼬~."

"이렇게 되면— 코코루, 네가 뽑아줘!"

"에엑?! 내가 꼬꼬? 상관은 없지만, 빗나가도 불평하지 마라 꼬꼬."

"물론이지— 부탁한다, 코코루!"

생각해 보면 나의 아이템운은 신인전 도중에 류가 『오토 채집』으로 『매의 아이언 소드』를 가져왔을 때 다 떨어진 거겠지.

분명 나의 아이템운은 아직 재사용 대기 중일 게 틀림없다.

"알았다 꼬꼬~. 그럼 간다 꼬꼬~."

데구르르르르—.

코코루가 손잡이를 빙글빙글 돌렸고—.

툭, 하고 배출된 것은 금색 공이었다.

"꼬꼬?! 어딜 봐도 3등이 아닌 것 같은 게 나왔다 꼬꼬~."

"오오오오오오~~! 기간 한정 특별상! 이세계 사마르 고급 리조트 초대권이잖아!"

"고급 리조트 꼬꼬?"

"그래, 축하한다! 자, 이거다! 올해 이세계 사마르로 가는 문이 유지되는 기간 중에는 계속 유효하다고! 받아라."

"고, 고맙다 꼬꼬~……."

"굉장하네 코코루! 너도 아이템운을 가지고 있는 계열이구나—!"

럭키 보이? 럭키 버드? 럭키 치킨? 뭐, 그런 느낌이다.

"그래도 3등은 빗나갔다 꼬꼬~, 미안하다 꼬꼬~."

"아니아니, 전혀 문제없어. 『제비뽑기권』은 다시 확보해서 노리러 오면 되니까. 기간 한정이라면 이건 이것대로 뭔가 즐겁지 않아?"

"꼬꼬~ 맞다 꼬꼬. 이세계 사마르다 꼬꼬~."

이 이세계 사마르이라는 게 여름방학 한정 지역이다.

게임 내부 세계관으로는, 1년 중 일정 기간에만 나타나는 차원문으로 이어지는 이세계라고 되어있다.

왜 일부러 그렇게 해놨느냐면—.

이세계 사마르는 공용 지역이니까.

무엇을 공유하느냐면— 다른 서버나, 혹은 외부의 다른 시스템과의 공유다.

즉, 세이세이 학원 해외 지부의 학생이라든가, 혹은 졸업생이라든가—.

확실히 기간 한정인 데다 비싸지만, 요금만 내면 일반인도 들어갈 수 있다.

일반적인 UW의 세계는 학생용이라서 거기는 닫아두고 있단 말이지.

외부에 개방하는 건, 이세계라는 형식의 공용 지역인 거다.

그리고 학생도 가서 놀아도 된다.

가본 적은 없는데, 어떤 식으로 되어있을까?

"『제비뽑기권』 퀘스트는 다음에 하려고 해도 시간이 걸리니까— 기왕 이렇게 됐으니 지금부터 가볼까! 이세계 사마르!"

"오오오오~! 가보고 싶다 꼬꼬~!"

"뀨우~뀨우~♪"

코코루나 류도 들어갈 수 있겠지?

여름방학 전에 나카타 선생님에게 기간 한정 지역에 류를 데려갈 수 있느냐 물어보니까, 괜찮다고 했었다.

"이세계 사마르의 입구는 비공정 발착항에 있을 거다. 즐기고 오라고!"

제비뽑기 아저씨가 싱글벙글 웃으며 가르쳐주었다.

"좋아, 가보자 코코루! 류!"

"꼬꼬!"

"뀨우~!"

우리는 들은 대로 바로 이세계로 가는 문으로 이동했다.

현장에 도착하자 이세계 사마르로 가는 문은 팬시하고 동화풍 느낌이라서, 그야말로 꿈나라로 가는 입구 같았다.

상당한 인원이 앞에 모여있다.

여기서 약속을 잡고, 함께 이세계로 가는 건가.

우리는 기다릴 상대가 없으니까 바로 가보자!

그러나— 그런 우리에게 말을 건 녀석이 있었다.

"어라? 어~이, 타카시로잖아!"

"응—? 아, 카타오카냐. 안녕."

"너, 왜 오늘은 아오야기와 같이 있지 않은 거야? 왠지 쓸쓸해 보이는데?"

"그냥 가끔은 이런 일도 있는 거지. 아키라는 오늘 할아버지 병문안을 간다고 해서."

"그거 유감이겠네. 기왕이면 같이 가고 싶었을 텐데, 남자뿐인 건 좀."

"너도 남자뿐이잖아. 게다가 혼자 있고."

나한테는 류와 코코루가 있으니까 쓸쓸하지 않다고!

"너 바보냐, 나는 놀러 가는 게 아니거든!"

"응?"

"언젠가 노조미 님도 이세계 사마르에 놀러 가실 거잖아? 나는 그때 확실하게 내비게이션을 할 수 있게끔 지금 사전 답사를 해둘 필요가 있어! 이건 의무야! 일벌은 하루 만에 이루어지지 않는 거라고. 알겠냐?!"

"……무슨 말을 하는 건지 모르겠지만, 아무튼 굉장한 열정이구만요."

"그럼, 그런 셈이지!"

"……뭐, 일단은 넘어가고. 우리는 상점가 제비뽑기에서 이세계 사마르의 고급 리조트 초대권을 받았거든. 어떤 곳인지 보러 갈 건데— 너도 같이 갈래?"

"오? 괜찮겠어? 노조미 님을 위해서 볼만한 곳을 살펴보고 싶거든!"

"뭐, 딱히 상관없어. 이 초대권을 보여주면 몇 명이든 함께 갈 수 있다고 적혀있으니까."

"그러냐. 그럼 사양 말고 가겠어!"

"뭐, 남자가 또 한 명 늘어서 더욱 꿈도 희망도 없어졌지만 참아."

"넌 언제나 귀여운 여자애들한테 둘러싸여서 하렘을 즐기고 있으니까, 가끔은 남자끼리 있는 것도 신선해서 좋지 않아?"

"……아, 외부에서는 나를 그런 식으로 생각하고 있는 건가—."

"그렇지. 내가 모은 정보에 따르면, 아오야기도 마에다도 야노도 다들 귀여우니까 독점하지 말라고 생각하는 것 같던데?"

"마음이 맞으니까 같이 하고 있을 뿐인데 말이지. 아키라는 처음부터 나를 남자로 보지 않고 있고—."

"자자. 타인의 눈 같은 걸 신경 써봤자 별수 없다고. 신경 쓰지 마. 나도 일벌 일을 할 때는 다들 이상한 눈으로 보기도 하지만, 신경 쓰지 않는다고."

"아니, 너는 좀 신경 쓰라고."

"좋았어, 가자! 타카시로!"

이 녀석 무시해버렸어!

일단 우리는 이세계 사마르로 가는 문을 지났다—.

문을 지나자 시야가 꾸물텅 일그러졌고, 그게 원래대로 돌아가자 우리는 전혀 다른 곳에 서 있었다.

새파랗고 투명한 하늘에, 반짝반짝 빛나는 태양.

발밑은 터무니없이 보드라운 흰 모래. 상쾌한 파도 소리가 귓가에 들어온다.

우리는 그림으로 그린 듯이 아름다운 해변에 서 있었다.

코발트블루의 바다가 선명하게 눈에 들어온다.

돌아보자 지나온 문은 그대로 남아있어서, 해변에 문이 멀뚱히 설치된 듯한 느낌이다.

"오~! 이게 이세계 사마르인가. 남쪽 섬이라는 느낌이네~."

해안선을 보아하니, 우리가 있는 건 꽤 커다란 섬처럼 보인다.

"꼬꼬~! 리조트 같아 꼬꼬~!"

"오~. 이거 노조미 님도 기뻐하시겠는걸!"

"과연 그럴까? 아카바네는 이런 곳에 익숙할 것 같은데."

"그럴지도 모르지. 그럼 노조미 님이 기뻐하실 뭔가를 여기서 찾아보자고!"

"너는 언제나 똑같은 것만 하네."

"너도 마개조이니 자이언트 킬링이니 언제나 그러잖아."
그런 대화를 나누던 우리에게 말을 걸어온 NPC가 있었다.
"어서 오세요~! 이세계 사마르에 잘 오셨어요!"
"여러분, 느긋하게 즐겨주세요~."
"자, 팸플릿 받으세요~!"
짐승귀를 단 NPC 여자아이들이 우리에게 다가와서 팸플릿을 건네줬다.
여기 리조트 시설 스태프인가?
나는 그중 한 명인, 토끼귀를 단 누나에게 물었다.
"아, 실례합니다."
"네~에! 왜 그러시나요?"
"이거— 초대권 받았는데, 어디로 가져가야 하죠?"
나는 제비뽑기로 받은 고급 리조트 초대권을 보여줬다.
"앗! 이건— VIP용 초대권이네요! 잠시만 기다리세요! 손님을 VIP 룸으로 안내합니다~! 인간 둘에 조류 하나에 용 하나에요~♪"
누나가 스마트폰 같은 것을 꺼내서 연락했다.
"나는 조류로 카운트되었다 꼬꼬—."
"나누는 의미가 없어 보이는데……."
그런 말을 하던 사이에, 하늘에서 우리를 덮는 그림자가 있었다.

쿠오오오오오오오오!

커다란 날개를 가진 마물 네 마리가 크게 울면서 우리 눈 앞에 착륙했다.

이건 그건가— 그리폰 같은 건가?

"네, 그리폰 택시 도착~♪ 여기 타주세요. 방으로 안내해 드릴게요!"

누나가 바로 그리폰 한 마리에 올라탔다.

제대로 안장도 달려있어서 앉기가 쉬웠다.

우리도 각자 탔고, 류는 내게 안겼다.

그리고 그리폰이 날아오르자, 우리가 있던 곳의 전경이 눈에 들어왔다.

"오~ 커다란 섬이었구나~!"

섬 양쪽은 새하얀 모래사장으로 덮여있고, 중심부에는 관람차나 제트코스터 등이 지어진 유원지 같은 것이 있다. 커다란 풀장이나 워터 슬라이더도 보인다. 또한, 아름다운 녹색으로 뒤덮인 숲도 보였다. 그림으로 그린 듯한 남쪽 나라 리조트지라는 느낌이다.

"네! 이 섬은 다양한 세계 사람들이 모이는 거대한 리조트 시설입니다! 아름다운 바다도 있고, 유원지도 있고, 그리폰 레이스나 해저 유적 던전 탐색, 그 밖에도 다양하게 즐기실 수 있어요! 문이 이어져 있는 기간 안에 천천히 즐겨주세요! VIP 룸은 지금 시즌 중에는 계속 유효하니까요."

"오오~! 시즌 중에 계속 유효하다는 건, 이 여름방학 중에는 계속 쓸 수 있다는 건가—."

"네! 메타적인 발언을 하자면 그렇게 되죠!"

메타적인 발언이라는 소리를 하는구나— 뭐, 알기 쉬워서 다행이긴 하지만.

"자! 저기가 VIP 룸입니다♪"

누나가 가리킨 곳은— 아래쪽에 보이는 수상(水上) 코티지였다.

코발트블루의 바다 위에 집이 떠 있는 것처럼 보인다.

그림으로 그린 듯한 고급 리조트라는 느낌이다.

그리고 입지만이 아니라 코티지 자체도 상당히 크다.

단층집이지만 우리 길드 하우스보다 면적이 몇 배나 큰 것 같다.

바다에 인접한 테라스에 비치 체어가 몇 개 나란히 놓여 있는 게 보인다.

"오오~! 넓네!"

"커다랗다 꼬꼬~!"

"이 정도면 한 반 정도는 묵을 수 있겠는데!"

그리폰들이 텐션이 올라간 우리를 코티지 입구에 내려줬다.

"안으로 들어가 보세요~♪"

"좋았어, 가보자!"

"꼬꼬~! 나도 간다 꼬꼬~!"

"노조미 님을 위해 조사해보겠어!"

우리는 기뻐하면서 수상 코티지로 돌입했다.

"우오오오, 넓어~~~! 게다가 가구도 전부 비싸 보이잖아."

현실에서 묵는다면 1박에 얼마나 할지 궁금한 레벨이다.

이거 100만이나 200만 정도는 될 것 같은데—!

"꼬꼬~! 렌, 렌! 이쪽에 옷이 잔뜩 있다 꼬꼬~!"

워크인 클로젯에 들어간 코코루가 목청을 높였다.

안에는 리조트지에 어울리는 알로하 셔츠라든가 수영복이라든가 가운이라든가 어째서인지 유카타 등등 여러 옷이 모여있었다.

"오~! 뭐야 이거?! 굉장해, 종류가 엄청 많네!"

"이건 마음껏 사용해주셔도 괜찮아요~. 단, 원래 세계로 가져가실 수는 없으니까 주의하세요. 이쪽은 남성용이고, 저쪽은 여성용이에요."

그러면서 또 하나 있는 워크인 클로젯을 가리켰다.

"오오—."

즉, 저쪽은 여자용 수영복이나 유카타 같은 게 가득하다는 건가—.

잠깐 보고 싶지만, 뭔가 보기 거북한 느낌도 드네…… 못된 짓을 하는 기분이 드니까.

"좋았어, 현지 조사!"

카타오카가 아무런 주저함도 없이 여자용 워크인 클로젯에 들어갔다.

"우와! 너, 참 잘도 가네—!"

"지금 이럴 때 말고는 볼 수 없다고! 조사해봐야지! 너도 와."

"나 참—."

어쩔 수 없이 나도 따라가자, 안에는 무척 호화로운 것들이 있었다.

수영복이나 유카타 등등, 여자용 옷들은 매우 볼만했다고나 할까—.

아키라가 입으면 어울릴 것 같았다.

그쪽은 며칠 동안은 게임을 못한다고 하던데, 빨리 여기로 데려오고 싶어지네.

제 2 장 소꿉친구와의 재회

"꼬꼬~! 그 누구도 내 앞에서는 헤엄칠 수 없다 꼬꼬~!"

코코루가 엄청난 기세로 수상 코티지 주변을 헤엄쳤다.

"오~ 굉장하네 코코루! 빠르잖아~~!"

"뀨~~! 치킨 굉장해~! 빨라~!"

테라스에서 지켜보던 나와 류는 코코루의 훌륭한 수영에 어안이 벙벙해졌다.

"이래 봬도 코케족은 수영이 특기다 꼬꼬~♪"

그렇게 말하면서 수상 코티지 주변을 한 바퀴 돌며 우리 시야에서 사라졌다.

"렌도 빨리 헤엄치자 꼬꼬~!"

코코루의 목소리만이 들려왔다.

우리는 수상 코티지에 도착하고 나서 바로 물놀이를 시작했다.

카타오카는 노조미 님이 놀 때를 위해 이 섬을 조사한다고 하면서 놀지 않고 탐색을 나갔기에, 나와 코코루와 류만 있지만.

일단 카타오카에게는 내가 원하는 문장술사의 새 마법을 발견하면 가르쳐달라고 부탁했다.

이세계 쪽에서 입수할 방법이 있을지도 모르니까.

"좋았어, 가볼까! 우오오오오~~~! 기다려라 코코루!"

나도 바다에 뛰어들었다! 이야~ 게임 안에서 헤엄을 칠 수 있다니!

수영이라면 나도 못하는 건 아니니까, 쫓아가 주마!

나와 코코루는 한동안 수상 코티지 주변을 헤엄쳤다.

그러나 코코루의 헤엄이 무지막지하게 빨라서 나는 쫓아가지를 못했다.

"헤엑. 헤엑! 안 되겠어, 코코루 녀석 터무니없네……!"

이건 도저히 쫓아갈 수가 없잖아—!

"렌~ 렌~! 저거~!"

그때, 류가 내게 뭔가를 가리켰다.

그것은 테라스 옆에 놓인 제트 스키였다.

판타지풍에 앤티크한 느낌으로 어레인지되어 있지만, 저건 딱 그거네.

이건 뭐랄까— 마에다가 좋아할 것 같은데…….

아무튼 저걸 타고 코코루를 쫓아가자!

"좋았어, 거기 서라 코코루~~~!"

나는 제트 스키를 몰고 코코루를 쫓았다.

"꼬꼬~?! 그건 반칙이다 꼬꼬?!"

그래도 역시 제트 스키가 더 빠르다. 나는 바로 코코루를 따라잡았다.

"좋았어, 따라잡았다고 코코루! 올라타, 이걸로 달리자!"

"꼬꼬~! 재미있어 보인다 꼬꼬~!"

코코루가 제트 스키 뒤에 올라탔을 때—.

"꺄아~~~?! 데인저러~~스! 러너웨이, 프리~~즈!"

느닷없이 여자아이의 비명소리가—?!

그러나 모습은 보이지 않았다— 어디지—?!

"스카~~~~이! 러너웨~~~이!"

스카이?! 하늘?!

""앗?!""

하늘에서 여자아이가?! 그거냐, 라○타냐?!

첨버어어어어어어어어엉~~~~!

어마어마한 소리와 물보라를 일으키며 떨어진 여자아이는 수중에 다이브했다.

"꼬꼬~?! 무, 무슨 일이냐 꼬꼬~?!"

"이봐, 괜찮아?!"

나는 물에 가라앉으며 뽀글뽀글 뭐라 중얼거리던 여자아이를 구해서 끌어 올렸다.

어깨 정도까지 닿는 금발을 가진, 나와 비슷한 나이대의 여자아이였다.

"우우우우…… 쏘리— 땡큐 베리 머치—."

"읏?! 여, 영어—?!"

아아, 그런가. 이세계 사마르는 공유 지역이니까.

우리 학교는 일본이 본체지만, 해외에도 제휴하고 있는 분교 같은 존재가 있다.

이곳에는 그쪽 학생들도 액세스할 수 있다.

아마 이 아이는 해외 분교 학생이겠지.

그러나 최근에는 게임 때문에 성적도 올라가고 있기는 하지만, 나는 영어가 서툴다.

어떻게 하지. 조금 곤란하네—.

그러나 그 여자아이는 방긋 웃으며 말했다.

"아, 괜찮아. 나, 일본어 잘하니까."

오오, 일본에 친숙한 사람이었다—!

그나저나 뭐지, 이 아이 어디서 본 것 같은 기분이— 드는 것 같기도 하고 아닌 것 같기도 하고.

"그거 좋네……! 그래서, 왜 떨어졌는데?"

"그야 뻔한 거지. UW 사양에서는 비공정 같은 높은 곳에서 떨어지면 전투 불능 판정이 되잖아? 그래도 실제로 어느 정도 높이에서 떨어져야 전투 불능이 되는지 검증해보고 싶었어! 여기라면 그리폰 택시로 간단히 하늘을 날 수 있으니까 기회라고 생각했거든! 그래도 소란 부려서 미안해."

여자아이는 반짝거리는 눈으로 그렇게 말했다.

이 쓸데없어 보이는 탐구심—.

보아하니 이 아이는— 나와 똑같은 검증충이구나!
이 녀석은 동료다. 동료였어!
"꼬꼬…… 얘는 렌 같은 소리를 하는 아이다 꼬꼬~."
"렌?! 아— 렌? 타카시로 렌이야?!"
"응—? 어라, 왜 나를 알고 있어?"
"나야, 나! 에밀리야! 에밀리 모레츠! 모르겠어? 하긴 직접 얼굴을 마주한 건 벌써 10년 정도 지나기는 했지?"
"뭐어어?! 오오오오오~~~~! 에밀리였구나! 오랜만이네!"
에밀리는 우리 아버지와 친했던 해외 게임 개발자의 딸이다.
옛날에 잠시 일본에 산 적이 있었는데, 그때 집이 가까웠다.
초등학교 저학년 시절에는 같은 학교에 다니기도 했다.
매일매일 함께 게임을 하면서 RPG에서 적의 HP 같은 걸 조사하고, 데이터를 모아서 자작 공략본을 만들거나 제약 플레이 배틀이라 부르면서 서로 누가 더 어려운 제약을 걸고 게임을 클리어하는지 경쟁하거나— 이것저것 했었지.
지금도 때때로 편지나 메일을 교환하기는 했지만—.
에밀리는 내게 맞춰서 전부 일본어로 대화했으니까.
그것에 의존하게 된 나는 미국인 소꿉친구가 있는데도 영어를 전혀 못하게 되었다—.
"오랜만이네, 렌! 언젠가 다시 만나고 싶었지만, 이런 곳에서 만나다니!"
"응! 설마 에밀리가 위에서 떨어질 줄은 도저히 상상도 못했어!"

"그러게, 나도 그래! 정말로 기뻐! 이거 꽤 운명적이지?!"

에밀리는 그렇게 말하며 나를 꽉 끌어안았다.

내가 기억하는 어린 시절의 에밀리와는 전혀 다른 감촉이 었다.

"오, 오우……!"

그러나 이 감촉을 즐기거나 기뻐하는 건 인도적으로 NG.

에밀리는 순진할 뿐이다. 뭐니 뭐니 해도 그거니까— 그거.

뭐, 다른 분의 것이라고 해야 할까요—.

◆◇◆

"꼬꼬. 에밀리는 렌의 소꿉친구였냐 꼬꼬~."

"그렇다니까! 설마 이런 곳에서 렌을 만나다니, 역시 착실한 검증을 하면 좋은 일이 생긴다는 징크스는 정말이었네!"

"뭐야 그거, 들어본 적 없다 꼬꼬. 정말로 렌 같은 소리를 하는 애다 꼬꼬."

"칭찬해줘서 고마워! 그치? 렌."

"그럼. 검증은 중요하니까. 모든 것의 기본이라고도 하고."

"꼬꼬. 유유상종이다 꼬꼬."

"후후. 친했으니까. 우리는 취미가 잘 맞았거든."

에밀리는 그렇게 말하면서 옆에 앉은 내 팔을 슬쩍 잡았다.

이게 아메리칸 스타일인 걸까. 에밀리는 거리가 참 가깝네.

어린 시절에는 좀 더 내성적이고 얌전했던 것 같은데—?

뭐, 미국으로 돌아가서 그대로 미국인답게 변해버린 건가.

우리는 바다에서 올라와서 수상 코티지로 돌아와 거실 소파에서 이야기를 나누고 있었다.

역시 VIP 룸이라 그런지 내부도 호화로웠다.

거실 벽에 걸려있는 앤티크풍 거울 같은 것은 사실 대화면 스크린이라, TV도 나오고 영화도 볼 수 있다.

『스트린의 마경(魔鏡)』이라는 게임 내 아이템인데— 일반적으로 입수하려면 상당히 비싸다. 게다가 최대 사이즈의 최고급품이다.

『스트린의 마경』은 거실만이 아니라 코티지 모든 방에 설치되어 있어서, 이것만으로도 막대한 가치가 있는 시설이었다.

게다가 게임에서 쓸 수 있는 노트북인 『디르의 마탁』도 각 방의 표준 장비다.

일일이 로그아웃하지 않아도 검증 해석 작업을 진행할 수 있다니 근사하다.

이 남쪽 섬의 호화 리조트 VIP 룸에서 검증에 전념할 수 있다니, 얼마나 사치스러운지!

"그나저나 여기 좋네~! 이렇게 넓고 예쁜 곳인데 검증 설비까지 완벽하다니, 최고잖아!"

"괜찮으면 에밀리도 마음에 드는 방이든 물건이든 쓰라

고. 우리만으로는 다 쓸 수 없으니까."

"와오! 고마워어! 아직 『스트린의 마경』도 『디르의 마탁』도 없었거든!"

에밀리는 바로 비어있는 『디르의 마탁』을 가져와서 조작하기 시작했다.

각종 검증 작업을 하려면 세팅이 필요하니까.

이러는 나도 내가 쓸 『디르의 마탁』을 세팅 중이다.

"렌, 렌……! 잠깐 괜찮냐 꼬꼬?"

그때, 코코루가 귓속말을 했다.

"응? 뭔데?"

"괜한 참견일지도 모르지만, 멋대로 정해도 되냐 꼬꼬……? 아키라에게 물어보는 편이—."

"어? 괜찮겠지. 아키라는 이런 사소한 일은 신경 안 써. 똑같이 게임 좋아하는 사람이니까."

"꼬꼬…… 사소한 일이냐 꼬꼬……?"

"자자, 게다가 아키라는 며칠 동안 여기에는 못 오니까."

"그럼 더더욱 아키라가 없을 때는 행동을 조심하는 게…… 뭐랄까, 괜히 수상해 보이지 않냐 꼬꼬?"

"괜찮아 괜찮아. 에밀리한테 그런 플래그는 존재하지 않으니까. 게다가, 검증 좋아하는 녀석 중에 나쁜 사람은 없다고 하잖아?"

"모른다 꼬꼬. 처음 듣는다 꼬꼬~. 뭐, 렌이 괜찮다면 나는 상관없지만 꼬꼬…….”

“그렇다니까! 그럼 정해졌네!”

“꼬꼬~.”

이렇게 이야기가 정리되자, 에밀리가 목소리를 높였다.

“아~ 이거 OS가 일본어판이네? 영어판으로 바꿀 수 없을까?”

“아, 그건 확실히— 여기 설정에서 할 수 있어.”

“아. 고마워, 렌. 좋았어~, 그럼 바로 계산기 매크로를—.”

“아, 내가 만든 거 쓸래? 가져갈 수 있을 거야.”

“땡큐~. 그럼 줘. 렌이 만든 거라면 믿을 수 있으니까.”

“글쎄다. 오랜만에 만났으니까, 지금의 네가 만족할 완성도일지는—.”

“으음…… 응응, 굉장히 쓸만하네. 역시 렌이야!”

“그거 다행이네. 그나저나, 언제 UW 시작했어? 전혀 몰랐는데.”

“바로 최근. 세이세이 학원 미국 분교에 스카우트 받았거든. 렌이 세이세이 학원에 들어갔다는 건 메일 받았으니까 알고 있었으니까, 좋은 기회일 것 같아서. 이쪽에서 연락하려고 했는데, 그 전에 만나버렸네.”

“스카우트? 아~ 그런가. 에밀리는 그거였지. 프로게이머.”

해외에서는 그런 게 인기가 많으니까.

프로게이머가 됐다는 건 얼마 전에 에밀리에게 받은 메일로 들었다.

1년 전쯤이었나. 나보다 열심히 에밀리의 활약을 체크하던 아버지의 말에 따르면, 그쪽 세계에서는 젊은 유망주라고 한다.

이렇게 외모도 귀여우니까 인기가 높은 모양이다.

"응. 아직 풋내기지만. 사실은 학교에도 가지 않고 프로게이머에 전념할 생각이었는데…… 이것도 일이라면 일이니까."

"요컨대 이미지 캐릭터라는 건가. 광고탑이 되어달라는 거지?"

"응. 그런 셈이야. 공짜도 아니고 돈을 받으면서 공부도 게임도 할 수 있는 건 고맙잖아. 언젠가 VRMMO가 더욱 보급된다면, VRMMO 안에서의 배틀이 프로게이머 경기가 될지도 모르니까— 시간의 선행 투자라고나 할까, 공부도 되거든."

"그렇구나— 뭐, 에밀리에게는 안성맞춤이네…… 마침 학생 나이고, 인기 프로게이머에다 외모도 귀여우니까."

"와오! 렌이 현실 여자보고 귀엽다고 말하다니 성장했네~. 옳지옳지. 여친이라도 생겨서 여자아이 칭찬하는 거에 익숙해지기라도 했어~?"

"쓰다듬지 마 쓰다듬지 마. 어린애도 아니고."

아키라처럼 뺨을 콕콕 찌르지 않는 만큼 그나마 낫긴 하지만—.

"그럼, 이세계 사마르에 있는 동안에는 여기를 쓰기로 할게. 오랜만에 같이 실컷 게임하자!"

"그래! 물론이지!"

"그럼 뭘 하고 놀까?"

"글쎄— 뭘 검증할까……."

"느닷없이 검증?! 상관은 없지만 모처럼 귀여운 소꿉친구랑 재회했으니까 조금 더 쌓인 이야기를—."

"어~이, 타카시로~. 돌아왔어~."

그때, 혼자 정찰을 나갔던 카타오카가 수상 코티지로 돌아왔다.

"응? 뭐야, 카타오카냐."

"뭐냐니, 반응이 그게 뭐야. 모처럼 정보를 가져왔는데."

"오오? 뭔데?"

"네가 찾던 문장술사용 새 마법 말이야. 여기서도 얻을 수 있는 것 같더라. 해저 유적 던전에서."

카타오카는 그런 보고를 해줬다.

"오오, 진짜냐?! 해저 유적 던전이라면 여기로 안내해준 누나가 말했던 그거지?"

나는 즉시 카타오카의 정보에 달려들었다.

확실히 그 토끼귀 누나 NPC가 안내해줄 때 그런 말을 했었던 것 같다.

"그래, 그거그거. 섬 한가운데에 입구가 있는데, 정식으로는 어즈워즈 해저 유적군이라는 던전이라더라. 내부는 계층마다 구조가 달라지는 랜덤 생성이래. 그곳을 점점 밑으로 내려가며 탐색하는 거야.”

“오오, 이○한 던전 같은 방식인가.”

아니면 하늘의 균열의 거대판이라고나 할까, 연속판이라고나 할까—.

“참 노골적이기 짝이 없는 비유지만 그 말이 맞아. 단, 계층을 진행하려면 조건이 필요해서, 그 과제를 클리어하면서 진행하는 것 같아. 시간제한도 있고.”

“……즉, 조금 특색을 추가한 이○한 던전이라고?”

“너무 연호하지 말라고! 그리고 뭐, 해저 유적에서 학술적인 가치가 있는 아이템을 가지고 오면 장비나 마법 스크롤이나 소재로 교환할 수 있다고 해. 입장료는 받지만. 섬 한가운데로 가니까 대대적으로 선전하고 있더라. 자, 이게 교환 리스트야.”

“흠흠—.”

나는 카타오카가 준 전단지를 바라봤다.

옆에 있는 에밀리도 들여다봤다.

“어디어디— 와, 엄청 많네! 그래서, 렌이 갖고 싶다는 마법 스크롤은 뭔데?”

“아, 『엘리멘탈 서클』이라는 거야. 최근 추가된 새 마법인데, 아직 익히지 못했거든.”

"으~음…… 아, 있다! 『불꽃의 화석』과 교환할 수 있대."

"이게 해저 유적 안에서 나온다는 건가— 그렇군 그렇군. 상점가 제비뽑기보다는 얻기 쉬울지도 몰라."

그건 랜덤 제비뽑기를 하지 않으면 안 나오니까.

여기서 얻을 수 있다면 그게 더 편할지도 모른다.

"꼬꼬. 렌은 제비뽑기운이 나쁘니까 꼬꼬~."

"그렇지. 보아하니 『불꽃의 화석』은 그렇게 힘들 것 같지 않아."

리스트를 보니 『불꽃의 화석』의 등급은 낮아 보인다.

이런 건 원래 목표한 물건이 위쪽에 있는 법이지만, 아래쪽이다.

게다가 『불꽃의 화석』은 교환할 수 있는 장비가 무척 많았는데, 다른 건 그리 비싸지 않은 장비나 소재가 많았다.

즉, 그 정도의 난이도라는 뜻이다.

아키라가 가진 『스카이 폴』은 위에서 두 번째 그룹에 들어 있다.

역시 레어 장비다.

"그러고 보니, 1위는 어떤 걸까—."

"이거 아냐? 『레인보우 가드』라는데. 아, 여기서밖에 입수할 수 없는 새 아이템이네."

"미끼 상품이라는 건가— 아, 성능도 적혀있네."

레인보우 가드(O)

종류 : 갑옷　장비 가능 레벨 : 1　방어력 : 장비자의 레벨에 따라 상승

장비 가능 직업 : ALL

특수 능력 1 : 장비자의 레벨에 따라 방어력 업&스테이터스 보너스 부여
무지개로 형성된 본체는 정해진 형상이 없다.
장비자가 임의로 외견을 정할 수 있다.
독자적인 디자인도, 기존 아이템의 외견을 복사하는 것도 가능.

특수 능력 2 : 캐릭터의 탤런트 장비수+1

"으으응……?! 이봐이봐, 이거 꽤 굉장하지 않아?!"

"확실히, 좋네……!"

나와 에밀리의 의견이 일치됐다.

레벨 1부터 장비할 수 있고, 레벨이 올라갈수록 장비 성능이 올라간다니—.

즉, 이건 단적으로 말하면 다른 갑옷이 필요 없어지는 평생 물건이라는 뜻이다.

게다가 모든 직업이 장비할 수 있고, 디자인을 자유롭게 바꿀 수 있다면—.

소드 댄서라도 노출도가 적은 멀쩡한 장비를 입을 수 있다는 뜻 아닌가?!

얼마 전 보호자 참관 때처럼 장비 외견 문제로 조마조마할 필요가 없어지는 거다.

이건 아키라에게 안성맞춤이네.

내가 좋아하는 소드 댄서 장비를 볼 수 없게 될지도 모른다는 건 유감이지만, 마이 베스트 프렌드를 잃는 것보다는 훨씬 낫다.

게다가 이 장비, 캐릭터의 탤런트 장비수+1이 붙어있다.

사실, 방어력 등의 장비 성능이 레벨에 따라 올라가는 것보다 이쪽이 훨씬 강렬한 것 같다.

탤런트칸이 다섯 개로 고정되어 있던 것이 여섯 개로 늘어난다는 거다.

탤런트는 한 칸의 효과만큼 순수한 캐릭터 성능 강화로 이어진다.

다양한 세팅 가능성이 생겨나고, 지금까지 할 수 없었던 것도 가능해진다.

현재 탤런트칸을 늘려주는 장비는 존재하지 않을 텐데—.

이건 누구나 원할 성능이다.

역시 미끼 상품이라 그런지, 아키라에게 안성맞춤인 것만이 아니었다.

만인이 납득하고, 원할 만한 성능을 가지고 있다.

"이거, 무조건 대인기일 것 같은데. 이세계 사마르는 기간 한정이니까—."

이세계 사마르에 있을 수 있을 때 얻는다! 이런 생각을 하는 건 게이머라면 당연하다 할 수 있다.

여름의 추억은, VRMMO 리조트지에서 어두운 던전 탐색 삼매경이었습니다— 이렇게 되는 거다.

그리고 전리품은 게임 갑옷 하나.

……그 여름, 최고 아닙니까! 역시 장기 휴가라는 건 이래야지!

"좋았어……. 이건 여름방학 숙제네."

"지금부터 가볼까? 렌. 나도 보고 싶은데."

"그래! 가자가자!"

"『레인보우 가드』도 노린다면 서두르는 게 좋다고? 수량 한정이니까."

"진짜냐?! 아, 열 개 한정이라 적혀있잖아!"

"그래. 그러니까 이미 던전 입구는 북적거린다고."

"늦게 올라탔나— 좋아, 가보자!"

"뀨우~뀨우~! 가자가자~!"

방 안에서 지루하게 있었는지, 류는 기쁜 듯이 날아올랐다.

◆◇◆

카타오카에게 정보를 들은 우리는 바로 『어즈워스 해저 유적군』 입구로 향했다.

섬 중앙부에 있는 유원지 지역 안에는 그야말로 유원지 어트랙션 중 하나라는 느낌으로 동굴 입구가 열려 있었다.

여기가 현실 유원지라면, 이 안에는 지하 공간을 순회하는 탈것이 있었겠지.

그러나 여기는 꿈나라의 즐거운 어트랙션이 아니다.

기간 한정에다 수량 한정인 미끼 아이템을 노리고 게이머들이 공략 레이스를 펼치는 전장이다.

탐색을 마치고 나온 이들은 그 내용에 관한 반성회를 하고, 앞으로 가는 사람은 공략법이나 파티 구성을 상의한다.

게임은 어디까지나 놀이지만, 놀이로 끝나지 않는 열기가 이 자리를 지배하고 있었다.

역시 미끼 아이템 『레인보우 가드』의 성능이 모두의 눈빛을 바꾼 것이다.

그리고 그중에서도 특히 뜨거운 집단이…….

"알겠지? 유키노. 이번만큼은 진심으로 협력할 거야! 알아들었어?!"

"흥. 좋다— 그 『레인보우 가드』의 성능은 대인전을 극한까지 추구하려면 필수니까. 아이템충이 아니더라도 원하지 않을 수 없지. 그걸 위해서라면 너와도 손을 잡아주마."

유키노 선배와 호무라 선배였다.

숙명의 라이벌이 극적인 화해를 했다는 분위기로 악수를 나누고 있었다.

그걸 본 각각의 길드 플레이어들이 조심조심 환성을 지르며 박수를 보냈다.

선배들도 길드 멤버를 동원해서 진심으로 공략하러 왔구나.

서로 대형 길드의 길드 마스터라서 동원력도 있는 데다 쌍둥이이고 같은 집에 사니까 예정도 맞추기 쉽겠지.

두 사람은 이 여름에 집에 틀어박혀서 게임 삼매경으로 보내려는 것 같다.

지금은 여름방학이니까 예정이 맞고 안 맞고는 공략 멤버를 모을 때 꽤 중요해진다.

우리 쪽은 아키라도 마에다도 야노도 없으니까.

"예정했던 가족 여행은 중지네. 갈 때가 아니야."

"물론이지. 이보다도 중요한 건 없으니까."

"그럼 네가 아빠랑 엄마한테 그거 말해줘. 맡길게."

"그건 거절한다. 네가 말해라. 먼저 말 꺼낸 건 너야."

"뭐어?! 네가 일단 언니잖아. 그럼 자매를 대표하라고!"

"자기 편할 때만 언니 취급하지 마라! 험난한 교섭이 될 게 틀림없으니까—! 좋아, 그렇다면—."

""가위바위보! 가위바위보! 가위바위보!""

뜨거운 가위바위보 배틀이 시작됐다.

마음은 모르는 바가 아니지만, 여행 예정이 있다면 그건 가는 게 좋을 텐데— 잠깐 그런 생각을 했다.

나는 이걸 예감하고 처음부터 여름방학 때 아무런 예정도 정하지 않았으니까! 빈틈이 없지!

"가위바위보! 아싸! 이겼어! 자, 유키노. 네가 아빠랑 엄마한테 말하라고! 지독할 정도로 혼나란 말이야!"

"크……! 어쩔 수 없지—! 이렇게 되면 여행 가기 전까지 클리어하면 될 뿐이다!"

"아니, 직전에 말하면 더더욱 혼날 것 같은데……."

보고 있던 내가 지적하자 두 사람 다 이쪽을 바라봤다.

"오오, 렌인가. 역시 너는 듣고 올 줄 알았다."

"저는 여행 같은 제약은 없으니까요. 여름방학은 오로지 게임만 할 환경을 다져놨거든요!"

우리 집은 좋아하는 일은 끝까지 몰입하라고 말하고 있으니까, 오로지 게임만 하고 싶으니까 여행에는 안 간다는 주장도 통한다.

뭐, 아버지와 엄마는 어디 간다고 말했던 것 같지만.

"후후후. 이번에는 손을 잡지 않지만, 역시 너는 버겁네. 그래도 지지는 않을 거야!"

호무라 선배가 의기양양하게 웃었다.

"미안하다, 렌. 함께하고 싶은 마음은 있지만, 이미 공략

멤버는 정해지고 말아서."

"이 던전, 파티 레벨에 따라 적의 레벨도 변하는 것 같거든."

"그랬었나요. 레벨에 맞는 적이 나온다 이거네요—."

"그래. 그래서 누가 들어가더라도 비슷한 난이도를 확보할 수 있는 사양이지만, 고레벨인 편이 장비라든가 아츠 종류가 풍부하니 말이지."

"『레벨 어저스트』로 내려버리면, 좋은 아이템이 대량으로 있어도 고레벨용은 쓸 수가 없어지잖아."

"실제로 어느 레벨대로 도전하는 게 가장 유리한 밸런스인지는 모르지만— 기왕이면 우리의 풀 스펙으로 도전하고 싶은 거다."

"그렇군요 그렇군요."

뭐, 확실히 그렇겠지.

『레벨 어저스트』로 레벨을 맞추는 시점에서 탤런트칸을 『레벨 어저스트』로 하나 낭비하는 셈이니까.

그것만으로도 본래의 전력이 다운된다고 할 수 있다.

진지한 공략이라면, 귀중한 탤런트칸을 『레벨 어저스트』로 날리기는 아깝다.

그만큼 뭔가 도움이 되는 다른 세팅을 하면, 그것만으로도 공략 확률이 올라가니까.

사소한 걸지도 모르지만, 그런 사소한 것들이 쌓여서 결과가 크게 바뀌는 거다. 소홀할 수는 없지.

사소한 것들부터 조금씩 조금씩! 그런 거다.
“알겠습니다. 저희는 저희끼리 노력할 테니까, 경쟁해보죠!”
“그래, 지지 않을 거다, 렌!”
“그럼 잘 있어. 그쪽도 노력하라고.”
유키노 선배와 호무라 선배 일행은 동굴 안으로 들어갔다.
“으~음. 선배네도 기합이 들어가 있네…….”
어느 의미로는 당연하다. 『레인보우 가드』의 성능이 성능이니까.
나도 우리 길드용으로 꼭 하나는 확보하고 싶다.
아키라가 앞으로 거리낌 없이 게임을 즐기려면 무조건 필요하고, 아이템 속성이 O뿐이라서 남에게 양도하는 것도 가능하다.
성능적으로도 탤런트 장비수+1이 필요할 때는 빌려서 돌려가며 사용할 수도 있다. 길드 전체의 전력을 올려준다고 할 수 있다.
누군가의 탤런트칸이 하나 늘어나는 것으로 상황이 극적으로 달라지는 경우도 종종 나올 테니까.
머리를 굴릴 여지가 늘어나는 건 좋은 일이다.
“그럼 우리도 바로 들어가 보자, 렌!”
“그래! 가보자. 일단 정찰이야! 안을 보지 않으면 시작할 수도 없으니까!”
나와 에밀리는 동굴 안으로 들어가려 했지만—.

"기다려, 타카히로와 에밀리!"

""응?""

나와 에밀리가 함께 카타오카를 돌아봤다.

"안에 들어가려면, 입장료 대신 전이용 아이템을 사야 한다고."

"아, 그런가. 어디서 파는데?"

"……저기야."

카타오카가 가리킨 곳에는, 터무니없이 기나긴 행렬이 있었다.

마치 대기 시간 두 시간인 제트코스터 행렬 같았다.

이런 부분까지 유원지처럼 꾸미지 않아도 되는데—.

"……줄 설까."

"어쩔 수 없네—."

우리는 줄 최후미에 서기로 했다.

"어서 오세요~♪ 어즈워스 해저 휴적군 돌입용 아이템『전이석』구입을 희망하시는 여러분~. 최후미는 여기입니다~! 줄을 서 주세요~. 또한, 도중에 재고가 떨어지는 경우도 있으니까, 그럴 때는 양해해주세요~!"

행렬을 정리하는 NPC 누나가 웃으며 외쳤다.

이쪽도 짐승귀였다. 이세계 사마르의 스태프 NPC는 다들 이런가.

개발자의 취미인가? 뭐, 나도 싫지는 않지만.

“『전이석』의 판매 가격은 개당 5만 미라입니다~♪ 싸게 사실 수 있는 열 개 세트는 놀라운 가격 45만 미라로 제공하고 있습니다~♪ 또한, 돌입 가능한 인원은 한 파티 여섯 명까지. 한 번 돌입할 때의 제한 시간은 30분입니다~.”

으음…… 꽤 나가네. 뭐, 안에서 얻을 수 있는 아이템을 좋은 물건으로 교환할 수 있으니까, 이 정도의 입장료는 받을 법한가—.

뭐, 보물찾기를 위한 티켓이라는 거겠지. 공짜로 놀 수 있는 꿈나라 같은 건 없으니까.

그나저나 꽤 비싼 만큼, 자금 사정도 고려해서 공략해야 할 것 같다.

“꼬꼬. 꽤 돈이 든다 꼬꼬. 렌, 돈은 괜찮냐 꼬꼬?”

“으~음. 그리 많지는 않지. 그래도 50만 미라 정도는 있어.”

길드숍 경영은 변함없이 순조로운지라, 그럭저럭 비축해 둔 돈은 있었다.

그래도 최근에는 로망포 사양 문장술사의 러닝 코스트가 점점 늘어나고 있어서 50만 미라 정도는 날려버리려 마음만 먹으면 간단히 날려버릴 수 있다.

“꼬꼬. 그럼 이걸 쓰면 거의 없어진다 꼬꼬…… 오의를 쓸 소재를 사지 못하게 된다 꼬꼬.”

“괜찮아. 소재 스톡 자체는 그럭저럭 있으니까, 열 개 세트로 사자!”

"에에에에엑? 나중에 곤란해도 나는 모른다 꼬꼬."

"괜찮아. 하이 리스크 하이 리턴을 노리자고! 안에서 아이템이 잘 나오면 흑자도 가능하니까!"

"괜찮을까 꼬꼬……."

"아, 렌. 나도 절반 내줄게!"

"오?! 괜찮겠어?"

"물론이지! 같이 즐기자!"

에밀리의 레벨은 79이고 직업은 중기사다.

레벨도 나와 가깝고, 순정 탱커인 중기사와는 파티를 맺은 적이 없기에 신선하기도 했다.

가능하면 노답스쫙 직업이 불타오르기는 하지만, 그건 어쩔 수 없지.

옛날에는 나와 비슷하게 하던 에밀리가 우대받는 직업에 속하는 중기사를 하는 건 조금 놀랐지만— 뭐, 이건 뭐라 말해봤자 소용없다.

직업 같은 건 상관없이, 에밀리와 오랜만에 같이 게임을 할 수 있게 된 건 즐겁다.

"근데 렌은 변함이 없네? 문장술사는 제일 약하다는 말을 듣는데, 그걸 그냥 선택하다니—. 옛날에는 같이 일부러 약한 캐릭터를 써서 게임 했잖아. 약한 녀석이 빛나는 것이야말로 로망! 이라고 하면서—."

"……지금도 말한다 꼬꼬. 오히려 말하지 않는 날이 없을 정도다 꼬꼬~."

"……넌 옛날부터 그랬었냐."

코코루와 카타오카가 어이없다는 시선으로 바라봤다.

"아하하하! 그렇구나. 역시 렌은 좋네~. 그럼 지금은 문장술사를 어떤 식으로 쓰고 있어?"

"아, 그건— 간단히 말해서, 일격 폭딜 특화의 로망포지!"

"흐응……! 어디어디? 어떤 식으로 하는데?"

"아, 그건 말이지—."

나는 눈을 빛내는 에밀리에게 로망포 사양에 관해 이것저것 해설했다.

지금부터 함께 공략해야 하니까, 나의 스타일을 알려주는 게 좋다.

내 경우에는 직업의 정석적인 역할하고는 완전히 다른 일을 하니까.

말해주지 않으면 당혹스럽겠지.

"그렇구나— 정말로 일격 폭딜 특화네……! 시원스러울 정도로 그것밖에 없어! 그러면 솔로로 잠깐 소재 채집하러 사냥할 때는 고생할 것 같은데— 사냥할 수야 있겠지만 부서지는 무기값으로 엄청 적자일 거고, 그걸 안 쓰면 잡몹한테도 질 것 같아!"

"—반박할 게 하나도 없네. 바로 조금 전에 소재 채집하러 갔다가 슬라임도 못 잡아서 도망쳐 왔으니까!"

"아하하하하! 그래, 그렇게 되지……! 그래도 직업을 바꿀 생각은 없잖아? 이대로 로망을 밀어붙이며 살아갈 거지?"

"물론이지! 내가 문장술사에서 은퇴한다면, 그건 세상 사람들이 문장술사를 다시 보고 노답스가 아니게 되는 때겠지! 그때까지는 로망을 추구할 뿐이야!"

"응응. 렌은 그러지 않으면 재미가 없으니까!"

"응! 아, 그러고 보니 카타오카."

"뭔데?"

"너 길드에서 공략본 발행하잖아? 로망포 사양 문장술사는 안 실어? 실어준다면 문장술사의 인기도 올라갈 것 같은데……."

"아니, 나한테 그런 권한은 없거든—. 게다가 평소 사용감이 너무 안 좋아서 인기가 생기지는 않을 것 같은데—? 나도 굉장하다고는 생각하지만 흉내 내고 싶지는 않고."

"그건 모르지. 일단 시험해 보자는 녀석은 늘어날 거고, 홍보는 중요해."

"아니아니, 좋은 것만 실어서 속이는 건 사기잖아. 게다가 우리한테 불평하거든? 좀 더 편하게 쓸 수 있는 것으로 해달라면서. 안심하고 추천할 수 없잖아. 뭐, 일단 길드 상층부에 말해보기는 하겠는데, 기대하지는 말라고."

"크…… 뭐, 부탁할게. 그나저나 아직 세상의 평가가 따라오지는 못하는 건가—."

"뭐, 여기 공략에서 대활약하면 그게 평가로도 이어지지 않을까?"

"그래— 그렇겠지. 문장술사의 힘을 보여주겠어!"

그런 식으로 분위기를 끌어올린 우리는 줄이 줄어드는 걸 기다렸다.

상당한 시간이 걸렸지만, 무사히 『전이석』 10개 세트를 샀다.

나 77, 에밀리 79, 카타오카 78, 코코루는 103이어서 레벨을 맞추기 위해 카타오카에게 『레벨 어저스트』를 써달라고 해서 레벨 77로 통일했다.

자, 여름방학 숙제 『어즈워스 해저 유적군』 탐색 개시다—!

"좋아, 가자—!"

동굴 안으로 들어가자, 그곳은 모 유명 관광지에 있는 진ㅇ의 입처럼 커다란 돌로 된 얼굴이 벽에 달려있었다.

사자라고도, 호랑이라고도 할 수 있는 무시무시한 짐승의 얼굴이었고, 이빨이 난 커다란 입 안에는 황록색 빛이 들어와 있었다.

"어서 와♪ 안에 들어가고 싶은 사람은 내 입에 『전이석』을 던져줘♪ 일반 『전이석』이라면 제한 시간은 30분. 『상급 전이석』이라면 제한 시간 한 시간. 『초급 전이석』이라면 무려 두 시간이야♪ 참고로 하루 안에 들어갈 수 있는 횟수는 한 명당 다섯 번까지야. 이용은 계획적으로 해줘♪"

설마 하던 애니 여자아이 목소리?!

"……왠지 맥 빠진다 꼬꼬~."

"그건 그러네— 뭐, 일단 일반 『전이석』으로."

나는 들은 대로 『전이석』을 애니 목소리 사자 머리 입에 던져줬다.

"고마워어♪ 그럼, 어디부터 시작할래? 『세룰리아의 은반』이 있으면 도중에 세이브한 곳부터 시작할 수 있어♪"

"뭐야 그게? 안 가지고 있는데—?"

"아, 처음 시작하는 손님이구나. 그럼 이걸 받아♪"

사자 머리가 입에서 은색 원반 같은 것을 뱉었다.

꽤 공들인 디자인이었는데, 예쁜 기하학 문양이 조각되어 있었다.

"안쪽 어딘가에 세이브 포인트가 있어. 그곳에 이 『세룰리아의 은반』을 들면 기록이 세이브되니까, 다음에는 그곳에서 시작할 수 있어. 당연히 안으로 들어가면 들어갈수록 진행하기 어려워지지만, 그만큼 좋은 아이템이 나올 확률이 올라가! 안에는 아직 아무도 모르는 아이템도 있으니까— 열심히 해!"

그렇군. 기본적으로 안에 있는 세이브 포인트를 목표로 나아가고, 기록을 서서히 늘려서 깊은 계층으로 가는 거구나.

세이브 포인트가 어느 정도의 간격으로 배치되어 있는지는 모르고, 각 계층의 클리어 조건이 어떤지도 모르지만—.

뭐, 그건 가보면 바로 알 수 있겠지.

백문이 불여일견이니까. 그러나 한 번 본다면 데이터를 확실하게 따내고, 해석&검증을 게을리하지 않는 것! 그것이 검증충이다.

"그럼, 좋은 던전 라이프를! 손님을 안내합니다~♪"

눈앞이 꾸물텅 일그러졌다. 이세계 사마르에 왔을 때와 흡사한 워프다.

"그럼, 드디어 시작이네!"

"그래, 기대되네!"

"노조미 님을 위해 조사할 만큼 조사하겠어!"

"꼬꼬~. 나까지 와버렸지만, 온 이상 열심히 하겠다 꼬꼬~!"

그리고 우리의 눈앞에서 경치가 일그러지며 변했고—.

일그러짐이 원래대로 돌아오자, 그곳은 이미 다른 장소였다.

제 3 장 어즈워스 해저 유적군

검푸른 돌벽에 둘러싸인 네모난 방 안.

벽도 천장도 자잘한 문양이 새겨진 네모난 돌이 빼곡하게 채운 구조다.

정사각형 돌 블록으로 만든 거대한 구조물— 그런 느낌이다.

그리고 그 안에는— 갈색 슬라임이 승차율 100퍼센트를 넘는 전철칸 같은 밀도로 우글우글 몰려있었다! 그 숫자는 가볍게 잡아도 수십을 넘는다!

"뭐……?! 뭐야 이게?!"

"뭐, 뭐야 이거 못 들었는데?!"

"우오오오오오?! 뭐야 이거, 함정이냐?!"

"꼬, 꼬꼬?! 큰일 났다 꼬꼬~?!"

주르륵주르륵주르륵주르륵주르륵주르륵주르륵주르륵주르륵주르륵주르륵주르륵!

슬라임은 당연히 한가운데에 나타난 우리에게 반응해서 일제히 덮쳐왔다.

시작부터 대집단의 기습이다. 대미지 로그가 어마어마한

기세로 흘러갔다!

머디 슬라임의 공격. 렌에 31의 대미지!
머디 슬라임의 공격. 렌에 22의 대미지!
머디 슬라임의 공격. 렌에 19의 대미지!
머디 슬라임의 공격. 렌에 28의 대미지!
머디 슬라임의 공격. 에밀리에 13의 대미지!
머디 슬라임의 공격. 에밀리에 14의 대미지!
머디 슬라임의 공격. 에밀리에 15의 대미지!
머디 슬라임의 공격. 에밀리에 20의 대미지!
머디 슬라임의 공격. 신이치에 55의 대미지!
머디 슬라임의 공격. 신이치에 54의 대미지!
머디 슬라임의 공격. 신이치에 66의 대미지!
머디 슬라임의 공격. 신이치에 70의 대미지!
머디 슬라임의 공격. 코코루에 256의 대미지!
머디 슬라임의 공격. 코코루에 288의 대미지!
머디 슬라임의 공격. 코코루에 222의 대미지!
머디 슬라임의 공격. 코코루에 266의 대미지!
코코루는 힘이 다했다…….

안 돼! 맨몸인 코코루에게 직접 공격은 안 돼!
"드, 드디어 하늘로 돌아갈 때가 온 것 같다 꼬꼬……."

"코코루~~~~~~?!"

죽었다! 개막 3초 만에 죽었어! 시작하자마자 죽는 것도 정도가 있잖아, 뭐야 이건?!

그때 딩동, 하는 소리와 함께 표시되는 시스템 윈도우.

몬스터 하우스다!

아무래도 이 계층에서 몬스터가 대량 발생한 모양이다!

"시끄러워~ 알고 있어 멍청아아아아아아아아!"

나는 저도 모르게 시스템 메시지를 밀쳐냈다.

무정한 메시지는 계속 이어졌다.

이런 일은 좀처럼 일어나지 않는다. 어쩜 이리도 운이 나쁠까!

"아니, 첫 번째거든?! 대체 무슨 망겜이냐고!"

게이트는 이미 열렸다!

아무튼 빨리 다음 계층으로 가는 게이트를 찾아서 도망치자!

"그러는 수밖에 없겠네—!"

"내가 미끼가 될게!"

에밀리가 광역 어그로 획득을 위한 도발 스킬『이름 외치기』를 발동.

그 자리에 모인 슬라임들이 일제히 에밀리에게 몰렸다.

"좋아, 여기서—!『디어질 서클』!"
류를 향해 둔화 효과를 가진『디어질 서클』을 발동.
하려고 했는데—.
"응……?! 발동하지 않아?!"
"우왓, 뭐야 이게?!"
목청을 높인 카타오카의 발밑이 붉은 빛에 휩싸였다.
저건 모종의 트랩인가?!
로그에 카타오카가 밟은 트랩의 효과가 표시되었다.

정숙의 주법 결계가 발동! 이 계층에서는 모든 마법이 봉인됩니다.

"아차~! 이런 것까지 있는 거냐?!"
"큭—! 너희는 도망쳐!"
에밀리는 가드를 굳히면서 슬라임들을 다른 방으로 유도하려 했지만—.
둔화 필드로 떨쳐낼 수 없다면, 적의 공격을 그대로 맞게 된다.
아무리 그래도 중과부적. HP가 팍팍 깎이면서 이윽고 쓰러졌다.
"아웃! 미, 미안해 렌—! 이런 건 못 들었어!"
이어서 카타오카가 쓰러졌다.

"으게에에에에엑?! 이, 이렇게 되면 훔칠 수 있는 건 훔칠까!"

카타오카는 마지막 힘을 쥐어짜서 아이템 훔치기를 시도했다.

그리고 나도 서클로 MP를 버릴 수가 없어서 HP 조절을 할 수가 없었다—.

어떻게든 가드를 굳혔지만, 아무리 그래도 적이 너무 많아서 몸 전체를 얻어맞았다.

만원 전철에서 사람들에게 둘러싸여 꽉꽉 조이는 듯한 상태였으니까.

오의를 쓰려고 해도 『턴 오버』를 조합할 수 없으니까, 발동한 순간에 꽉 찬 MP가 HP가 되어버려서 적을 일격에 쓰러뜨릴 딜이 나오지 않는다.

"으그그그그극—!"

HP가 절반인 옐로 존에 돌입. 3할 이하인 레드 존을 돌파.

앞으로 1할— 그러나—.

딱히 활약상도 없이 나는 죽었다!

"빌어먹을…… 어쩔 도리가 없었어—."

이게 대체 무슨 사고야. 첫 시도에 즉사라니…… 나는 바닥과 키스하면서 으르렁댔다.

"이봐, 타카시로. 아무것도 없었던 건 아니라고? 전리품은 있어."

"……응?"

"뭐, 일단 돌아가자고—."

"그래."

"알았어."

"꼬꼬……."

그래서 우리는 사망 귀환 처리가 되었지만—.

부활 포인트는 그 수상 코티지였다.

이세계 사마르에 있을 때는 여기가 베이스인 모양이다.

"이거야 원, 처참하게 당했네……."

"정말 너무 심하잖아. 메시지를 봐서는, 그리 빈번하게 일어나지는 않는 것 같지만—."

"느닷없이 이런 걸 보다니, 운이 좋은 건 나쁜 건지 모르겠다 꼬꼬~."

"워워. 아까도 말했지만, 일단 전리품은 있다고."

카타오카만큼은 만족스러웠다.

"아, 그랬었지? 뭔데?"

"이거야. 마지막에 훔쳤더니 얻었어."

카타오카는 내게 붉은 화석 같은 아이템을 건네줬다.

렌은 『불꽃의 화석』을 신이치에게 받았다!

"응?! 오오, 이건 나의 새 마법 교환 아이템이잖아!"

"맞아. 뭐, 너한테 줄게. 이렇게 얻을 수 있다면 다른 데서도 많이 얻을 수 있을 테니까."

"오오, 미안하네. 고마워!"

"제법이네! 너도 의외로 유능하구나! 렌을 위해서 해주다니 고마워!"

에밀리가 자기 일처럼 기뻐했다.

"아니, 마지막에 트랩을 밟지 않았다면 좀 더 버틸 수 있었을지도 모르니까…… 실수했으니까 사과의 뜻이라고 생각해줘."

"좋아, 그럼 마음을 다잡고 다시 가볼까! 『불꽃의 화석』도 교환하고 싶으니까!"

"오케이. 그럼 가보자! 리벤지야. 이대로 물러날 수는 없잖아!"

"꼬꼬~! 가자 꼬꼬~!"

그렇게 우리는 다시 『어즈워스 해저 유적군』 입구로 돌아가기로 했다.

도착하자마자 경품 교환 카운터에서 『불꽃의 화석』과 문장술사의 새 마법 『엘리멘탈 서클』을 교환해서 습득! 바로 사용해서 익혔다.

"좋았어! 어디어디, 어떤 효과지……."

엘리멘탈 서클(소비 MP 30~∞ 재사용시간 0/10초)

〈효과〉 발을 들인 아군의 공격에 정령의 가호를 부여하

는 문장진을 설치.

문장술사 전용.

오? 발을 들인 아군이라고 적혀있다는 건, 이건 아군 강화 효과라는 뜻인가?! 오오오! 마침내 문장술사에게도 강화계 마법이 왔나!

이건 그거네. 이른바 특별 지원이라는 거구나.

변함없이 세상에서는 노답스의 왕 취급을 받고 있으니까 구제해주려는 건가.

나야 지금까지 문장술사로 그럭저럭 결과를 내왔지만—.

카타오카도 말했듯이, 아직 사용감이 너무 나빠서 문장술사 직업 인구는 늘지 않고 있다.

돈은 무지막지하게 내버리는 공격 스타일이고, 마법이 주변에 너무 의존한달까—.

소드 댄서가 같이 없다면 진정한 힘을 발휘하지 못하니까.

솔로라면 소재 채집하러 갔다가 슬라임한테도 도주하는 레벨이고.

이 『엘리멘탈 서클』로 사용감이 좋아진다면 좋겠네!

"발을 들인 아군에게 정령의 가호를 부여한다니. 구체적으로 어떤 효과일까?"

내가 연 시스템 메뉴를 들여다본 에밀리가 말했다.

"아무튼 사용해보지 않으면 모르지. 바로 검증을 겸해서 다시 돌입해보자!"

"그러게. 가자!"

에밀리가 내 팔을 잡아서 당겼다.

행동거지가 아메리칸이라 쓸데없이 거리가 가까워서, 쓸데없이 두근거리게 되네…….

직업이 중기사라서 전투 지역에서는 딱딱한 아머를 장비하지만, 평소에는 소드 댄서 장비 정도는 아니더라도 다소 피부 노출이 많은 옷이다.

팔을 끌어안으면 가슴 감촉이 신경 쓰인다―. 이 게임은 쓸데없이 리얼하단 말이지.

아니아니, 안 되지 안 돼. 나는 심두멸각(心頭滅却)에 들어갔다.

에밀리는 아키라와 다르니까, 이런 걸 너무 의식하면 안 된다.

아키라가 상대라면 솔직하게 기뻐하면서 전력으로 즐기겠지만!

"어라아? 아까 막 왔었는데 또 왔구나. 빠르네♪"

입구의 애니 목소리 사자 머리가 일부러 말하지 않아도 되는 말을 했다.

시끄러워. 말하지 말라고. 들어가자마자 죽었단 말이야.

"잠깐 사고가 났을 뿐이야! 다음에는 해낼 거니까!"

"응응, 열심히 해♪ 그럼, 손님을 안내합니다~♪"

자, 다시 눈앞이 꾸물텅 일그러졌고—.

또 네모난 돌 블록으로 만들어진 유적 같았지만, 이번에는 커다란 방 같은 곳으로 나왔다.

딩동~.

게이트 개방 조건. 모든 적을 쓰러뜨려라!

이런 메시지가 나왔다.

당연하지만 조금 전처럼 느닷없이 몬스터가 대량 발생한 건 아니다.

멀리서 몇 마리가 보이지만—.

여기의 적을 섬멸한다면 다음 층으로 가는 게이트가 열리는 거다.

"좋아좋아. 그런 거구나! 바로 쓰러뜨리러 가자!"

쓰러뜨리면서 실전으로 『엘리멘탈 서클』의 성능도 검증하겠어!

초기 배치에서 근처에 있는 몬스터는, 이거였다.

어즈워스 돌　레벨 77×2

마법으로 움직이는 매직 돌 계열의 적이다.

발밑에 바퀴가 달린 기계 허수아비 같은 모습이다.

끄트머리에 철구가 달린, 아파 보이는 양손 지팡이를 들고 있다.

어즈워스의 이름을 가지고 있어서인지, 보디의 재질이 이 유적을 구성하는 돌 블록과 비슷한 색상이다.

"좋았어—! 닥치는 대로 쓰러뜨리며 가자!"

에밀리가 두 마리의 적 정면으로 돌진해서 『이름 외치기』를 발동해 공격 목표가 되었다. 그에 맞춰서 카타오카가 적의 배후를 점하러 갔고, 코코루는 인페르노 아머를 불러내서 『장착 빙의』했다.

그리고 나는—.

"좋았어! 『엘리멘탈 서클!』"

먼저 검증이다!

나는 내 발밑에 소규모 서클을 전개했다.

이 마법, 소비 MP 30~이라서 다른 서클보다 MP 소비량이 많다.

당연히 효과 범위가 너무 커지면 그만큼 MP 소비도 비례해서 늘어난다.

지금은 MP를 버려서 폭딜을 뽑는 로망포로 움직이는 게 아니라, 이 『엘리멘탈 서클』의 가능성을 시험해봐야 한다.

MP는 제대로 배분해서 쓴다! 나도 언제까지나 무식하게 MP를 버릴 수만은 없다고!

"어디어디—? 오오, 빨갛네."

내가 외운 『엘리멘탈 서클』은 붉은 빛을 발하고 있었고, 불꽃의 그림자 같은 것이 일렁일렁 보였다.

이건 화속성인가? 설명문에 따르면, 공격하면 정령의 가호를 얻을 수 있다던데?

지금은 내가 서클 위에 올라가 있잖아?

이제 공격하면 정령의 가호를 얻을 수 있겠지?

"흐~음?"

일단, 지팡이칼의 지팡이 모션으로 일반 공격을 해봤다.

그러자—.

퍼엉!

내 공격에 맞춰서 지팡이칼에서 불꽃탄이 발사되었다.

그게 에밀리와 마주하던 어즈워스 돌에게 맞았다.

렌의 공격. 어즈워스 돌에 66의 대미지!

"오오—?!"

평범하게 맞았다! 평범하게 대미지가 나왔다!

물리 공격 판정이라면 맞출 때 DEX(재주)가 필요해서, 그쪽 육성을 완전히 버린 나는 레벨이 인접한 적을 맞추지 못한다.

그게 맞았다는 건, 이 파이어 볼 같은 건 겉보는 그대로 마법 공격이라는 뜻이다. 말하자면, 아키라의 스카이 폴이 날리는 충격파와 같다.

즉, 이런 효과의 서클이라면— 이거 꽤 괜찮지 않나?

적어도 아까 소재 채집 사냥 때 이게 있었다면 슬라임을 쓰러뜨릴 수 있었을 것이다.

즉, 부족하던 문장술사의 솔로 활동 능력을 보강해주는 효과인 셈이다.

"그렇구나. —좋아, 한 방 더!"

퍼어엉!

렌의 공격. 어즈워스 돌에 66의 대미지!

"오오~~! 좋네!"

퍼어엉! 퍼어엉! 퍼어엉!

렌의 공격. 어즈워스 돌에 66의 대미지!
렌의 공격. 어즈워스 돌에 66의 대미지!
렌의 공격. 어즈워스 돌에 66의 대미지!

에밀리나 다른 일행들이 뽑는 대미지에 비하면 결코 높지 않은 대미지지만, 아무것도 못하는 것보다는 낫다.

탤런트로 공격마법을 쓸 수 있게 되면 비슷하게 할 수 있겠지만, 디폴트 능력으로 이게 가능하다는 건 크다.

그만큼을 다른 탤런트로 돌리면, 문장술사로서의 종합력이 늘어난다.

과제였던 솔로잉 능력이 개선된다면, 직업의 평가도 올라갈 거다!

내가 좋아하면서 서클 안에서 화염탄을 마구 날리는 동안, 에밀리와 다른 일행이 어즈워스 돌 두 마리를 격파했다.

"좋아, 다음으로 가자, 다음!"

달리던 에밀리가 내게 물었다.

"지금 그건 새 마법의 효과? 그 위에 서 있으면 마법 추가 공격이 나오는 거지?"

"응— 그런 것 같아! 꽤 괜찮아 보여!"

"다음에는 우리한테도 걸어줘라 꼬꼬~. 서클을 적 근처에 놔줘라 꼬꼬."

"그러게. 그러는 편이 조금이라도 쓰러뜨리는 게 빨라지니까!"

코코루의 제안에 에밀리가 수긍했다. 바로 도움이 되는 것 같아서 기쁘다!

『엘리멘탈 서클』로 넓어진 전투의 폭에 로망포가 조합된다면, 드디어 세상의 평가를 받아서 문장술사가 노답스를 졸

업하고 대인기가 될지도 모른다!

"그럼, 맡겨두라고!"

나는 활기차게 일행들 바로 뒤에서 나아갔다.

"오! 있어, 다음 녀석—!"

카타오카가 적을 발견했다.

프리즈 리저드　레벨 78×3

얼음 같은 하늘색 표피를 가진 왕도마뱀이다.

좋네. 『엘리멘탈 서클』의 추가 효과인 불꽃이 잘 통할 것 같아!

"자, 덤벼라!"

에밀리가 『이름 외치기』를 발동하면서 돌진했다.

"류! 에밀리를 따라가!"

지시를 내리면서 류를 타깃으로 삼아 다시 『엘리멘탈 서클』!

그러나 이번에 발동한 서클은, 붉은색이 아니라 푸른색이었다.

냉기 같은 이펙트도 힐끔힐끔 보인다.

"으응……?! 불꽃이 아니잖아!"

그리고 류가 다가가서 서클 위에 올라간 상태가 된 일행들이 프리즈 리저드에게 공격을 가했다.

에밀리의 공격. 프리즈 리저드에 165의 대미지!

에밀리의 공격. 프리즈 리저드의 HP가 66 회복됐다!

"앗—?! 회복됐어?!"

프리즈 리저드는 이름 그대로 빙속성 흡수 능력을 가지고 있는 것이겠지.

거기에 서클 추가 효과인 얼음 대미지를 가하면 이렇게 된다.

그렇구나. 『엘리멘탈 서클』로 발동하는 속성은 랜덤인 건가……?!

이거 좀 쓰기 힘들겠네.

속성을 고를 수 없으니까 지금처럼 특정 속성을 흡수하는 적이 나오면 회복되고 만다.

이어서 코코루나 카타오카도 공격을 시작했다.

인페르노 아머의 공격. 프리즈 리저드에 87의 대미지!

신이치의 공격. 프리즈 리저드에 107의 대미지!

어라? 코코루도 카타오카도 서클에 올라가 있는데 적이 회복되지 않아?

추가 효과가 안 나오는 것 같은데?

"류! 돌아와서 내 근처로!"

류가 움직이자 푸른색 『엘리멘탈 서클』도 따라서 움직였다.

이게 류가 가진 『타깃 마커』의 효과다.

그리고 이번에는 내가 서클 위에 올라가서— 시험 삼아 무기를 휘둘렀다.

피키이이잉!

이번에는 빙결탄이 생겨서 프리즈 리저드에게 맞았다.

렌의 공격. 프리즈 리저드의 HP가 66 회복됐다!

아앗, 이번에는 발동했다! 다들 미안!

그나저나, 아까 코코루와 카타오카가 공격했을 때는 발동하지 않았는데 어떻게 된 거지?

내가 고개를 갸웃하는 사이에도, 일행들은 배틀을 계속.

프리즈 리저드의 HP를 마구마구 깎았다.

그리고 마지막으로, 에밀리가 창을 지면에 꽂는 모션을 취했다.

"오의, 『붉은 재앙(레드 디재스터)』~~~!"

쿠아아아아아아아아아앙!

지면에 꽂은 창을 중심으로 맹렬한 불꽃이 피어올랐다.

그것이 방사형으로 퍼지며 프리즈 리저드들을 태워버렸다.

에밀리의 붉은 재앙이 발동.

프리즈 리저드에 1877의 대미지. 에밀리는 프리즈 리저드를 쓰러뜨렸다.

프리즈 리저드에 1877의 대미지. 에밀리는 프리즈 리저드를 쓰러뜨렸다.

"오~! 그거 데들리 킹의 기술이잖아? 제법이네!"

다음 타깃을 찾아서 걸어가던 내가 에밀리에게 말을 걸었다.

그 녀석에게는 이런저런 신세를 졌으니까.

이건 기억하고 있지.

그러고 보니 쓰러뜨리면 붉은 재앙을 습득할 수 있는 오의서를 떨군다고 하던데—.

"오. 역시 렌. 안목이 높네. 『스킬 체인』 없이 익힐 수 있는 단독 오의는 귀중하니까 이건 얻어야지! 렌도 익히지 않았어?"

"아니— 나는 못 얻었는데."

"어? 그래? 아직 쓰러뜨리지 못했어?"

"아니, 쓰러뜨렸지만, 동료로 만들어버려서 드롭 아이템은 없었어."

"에이, 아까워라! 붉은 재앙의 오의서는 초회 격파 때 말고는 안 떨군다고!"

"그랬어?! 뭐— 딱히 상관없어. 그건 그것대로 필요했으니까."
"뒤늦은 일이지만 미안하다 꼬꼬~, 렌. 나도 몰랐다 꼬꼬."
"아냐, 괜찮아. 한 방의 로망이 중요하니까. 그건 도움이 됐어."
"무슨 소리야?"
나는 고개를 갸웃한 에밀리에게 코코루와 길드 대항 미션에 관해 설명했다.
"아하하하하! 그래도 렌답네! 그런 거라면 나도 괜찮다고 생각해!"
크게 웃던 에밀리는 그대로 다음 타깃을 발견해서 『이름 외치기』를 발동했다.

어즈워스 가디언　레벨 85

조금 강한, 돌로 만들어진 거인형 적이다.
어즈워스라는 이름을 가지고 있어서 그런가, 역시 몸의 재질이 던전을 구성하는 돌 블록에 가까웠다.
이 녀석에게는 특정 속성 흡수 능력은 없어 보인다.
다시 한 번 그걸 가보자!
"『엘리멘탈 서클』! 류! 에밀리 옆으로!"
"알았어~!"
"음…… 이거 색이 또 다르네—."

이번에는 검은색과 보라색의 중간 정도 색상이다. 색깔로 봐서는 암속성인가?

에밀리의 공격. 어즈워스 가디언에 122의 대미지!

에밀리의 공격. 어즈워스 가디언에 60의 대미지!

에밀리의 HP가 60 회복됐다.

에밀리의 HP 상한이 60 늘었다.

인페르노 아머의 공격. 어즈워스 가디언에 58의 대미지!

신이치의 공격. 어즈워스 가디언에 70의 대미지!

"오?! 이게 뭐지?!"

로그를 보건대, 암속성 『엘리멘탈 서클』에는 HP 흡수 효과도 붙어있다는 건가. 게다가 HP 상한이 늘어났다는 로그까지―?

나는 파티 멤버의 HP, MP 리스트를 주목했다.

아, 확실히 분모 숫자가 늘어났네―.

어즈워스 가디언의 공격. 에밀리는 가드. 23의 대미지.

에밀리의 공격. 어즈워스 가디언에 119의 대미지!

에밀리의 공격. 어즈워스 가디언에 60의 대미지!

에밀리의 HP가 60 회복됐다.

에밀리의 HP 상한이 37 늘었다.

다음으로 나온 로그는 이렇다.

에밀리의 HP가 풀 상태에서 23의 대미지를 받았다.

그나저나 중기사는 역시 단단하네—.

그리고, HP가 23 줄어든 상태에서 60 회복됐다.

상한에서 넘치는 37만큼 HP 상한이 늘어났다— 이건가.

흐흐음, 꽤 재미있네.

HP 회복만으로도 지원 효과로는 도움이 될 거고, HP 부스트는 탱커의 강화로도 이어진다. 이건 효과 시간이 얼마나 될까?

그리고 HP, MP 리스트를 보면서 눈치챈 건데—.

에밀리가 적에게 공격을 한 방 맞힐 때마다 MP가 5 소비되었다.

즉, 이 서클은 무기 공격에 추가 효과를 얹을 때마다 MP를 잡아먹는 거다.

에밀리의 중기사는 디폴트 MP는 없지만, 탤런트로 마법을 쓸 수 있게 한 모양이라 MP가 어느 정도는 있다. 카타오카나 코코루는 MP가 제로다.

물론 나도 쓸데없이 많은 MP가 있다.

추가 효과 발동에 필요한 MP가 없다면 효과는 발동하지 않는 건가.

"그렇군— 근데 이건……."

솔직히 좀 그런데?

MP 5 소비에 추가 대미지가 약 60이라.

마도사라면 MP 5를 쓰면 좀 더 대미지를 뽑아낼 수 있을 텐데.

게다가 탤런트에 의한 증강에 의존하지 않고 문장술사의 태생적인 능력으로 대미지 능력을 얻은 건 좋긴 하지만—.

MP가 없으면 추가 효과가 발동하지 않는 건 별로네.

지원 상대가 전부 MP를 가지고 있어야 할 필요가 있다.

게다가 그렇게나 구성을 제약하고 MP를 강제로 잡아먹으니까—.

성기사(팔라딘)처럼 회복마법을 빈번하게 사용하는 직업이라면, 반대로 MP가 깎여서 약체화될 수도 있다.

약간의 추가 대미지보다는 회복용 MP가 필요한 직업이니까.

에밀리도 지금 탤런트로 회복마법을 쓸 수 있게 해놨는데—.

추가 효과가 발동할 때마다 회복에 쓸 리소스가 쭉쭉 줄어든다는 뜻이다.

게다가 지금까지는 어느 속성의 서클이 발동하는지는 랜덤이다.

암속성은 HP 흡수나 최대치 증가가 있어서 어떻게 사용하느냐에 따라서는 재미있어 보이지만—.

이거, 파티전에서 도움이 되기에는 조건이 빡빡하네.

확실하게 계산할 수 있는 능력 말고는 평가해주지 않는

것이 이 세상이다.

MP가 쓸데없이 남아도는 나 같은 녀석한테나 딱 좋은 놀이도구라는 느낌인가?

나만 들어가는 서클로 조절하고, 뒤에서 추가 효과를 펑펑 쏟아내면 조금이나마 깎아서 공격의 도움은 될 테니까—.

……즉, 이거다. 게임 개발자 측의 의도는, 문장술사에게 극적인 강화 능력을 줘서 직업 평가를 올리는 식의 새 마법 추가를 할 생각은 없다는 뜻이다.

잘 못하는 솔로잉에서 조금은 대미지를 뽑을 수 있게 해 줄 테니까 이걸로 즐기라는 거다.

……좋다 이거야. 그래도 나는 아직 포기하지 않았어!

이 녀석을 샅샅이 검증해서, 어떻게든 활용법을 찾아줄 테니까!

"『스케이프 고트』! 『섀도 워크』! 오의 『더블 백스텝』!"

신이치의 더블 백스텝이 발동!

어즈워스 가디언에 2724의 대미지!

신이치는 어즈워스 가디언을 쓰러뜨렸다.

이번에는 카타오카가 스킬로 부스트된 오의로 적을 격파했다.

"제법이네! 너 딜 괜찮은데!"

에밀리가 카타오카에게 씨익 웃어줬다.

이 녀석, 돈도 버리지 않고 좋은 대미지를 뽑아내다니—!

도적(로그)은 순간 딜이 꽤 나오니까.

"그렇지— 이 정도로 칭찬해주다니, 정말 좋은 여왕벌이네. 노조미 님도 이랬으면……."

카타오카는 뭔가 감탄한 모습이었다.

"여왕벌?"

카타오카 같은 녀석은 역시 일본의 독자 문화인가.

아니, 외국에도 있지만 말이 다른가—.

뭐, 귀찮으니까 건드리지 말자.

"아니, 이 녀석이 하는 말은 무시하라고. 다음으로 가자!"

"그럴까—!"

그때 딩동, 하는 소리가 나며 시스템 메시지가 나왔다.

게이트 개방 조건을 달성! 다음 층으로 가는 게이트로 향하라!

"오?! 벌써 전부 쓰러뜨렸나."

"꽤 적었다 꼬꼬~."

"게이트는 어디 있을까?"

"저거 아냐? 저기!"

카타오카가 가리킨 곳에는 원형으로 늘어선 기둥을 각각

잇는 빛의 선으로 구성된 게이트가 보였다.

그렇군. 저기에 들어가면 다음 층으로 워프인가—!

우리는 다음 층으로 가는 워프에 뛰어들었다.

워프로 들어온 다음 계층도, 내부의 분위기는 변하지 않았다.

문양이 들어간 네모난 돌 블록으로 구성된 던전이다.

그리고 다음 워프 조건도 같았다.

딩동~.

게이트 개방 조건. 모든 적을 쓰러뜨려라!

"또 똑같네! 그럼 간다! 너는 먼저 가서 적을 모아와!"

에밀리가 카타오카에게 지시를 내렸다.

"그래, 알았어!"

카타오카는『스프린트』를 발동해서 내달렸다.

플로어를 한 바퀴 돌아서 적을 모아오려는 것이다.

이러는 게 다른 멤버의 이동 거리가 줄어들어서 좋다.

그리고 카타오카가 전부 모아오니까, 적을 찾을 필요 없이 쓰러뜨리기만 해도 된다.

에밀리는 범위 오의인 붉은 재앙을 가지고 있다.

단번에 모아서 일제히 날려버리는 게 당연히 빠르다. 종합적인 공략 시간을 줄일 수 있겠지.

에밀리라면 단단하니까 포위당해도 살아남을 수 있고, 내가 『디어질 서클』로 마라톤도 할 수 있다.

그럭저럭 많은 숫자가 모여도 문제는 없다. 한 방에 죽는다면, 그건 불행한 사고인 거다.

이런 식으로 점점 움직임을 최적화해야지!

그러는 사이에 카타오카가 적을 모아왔고, 그 사이에 AP를 충분히 모은 에밀리가 붉은 재앙으로 쓸어버렸다.

—딱히 문제없이 B2F도 클리어!

이어서 B3F, B4F, B5F에서도 적 섬멸 지령의 연속이었다.

카타오카가 적을 한꺼번에 모아올 수 있고, 에밀리의 광역 공격이 강력하니까. 게다가 단단하고 HP가 높은 적에게는 나의 로망포가 불을 뿜으니까, 네 명뿐인 파티여도 그럭저럭 스피드하게 진행할 수 있었다.

로망포를 본 에밀리가 웃으며 기뻐해줘서 다행이었다.

그리고 B6F에 침입했을 때, 30분이었던 제한 시간이 3분밖에 안 남게 되었다.

"이제 시간이 없는데— 세이브 포인트라는 건 어딨어?!"

세이브 포인트에서 세이브하지 않으면 다음에도 B1F부터 시작하는 시스템이다.

몇 플로어를 가야 세이브인지 모른단 말이지.

"오…… 뭔가 있는데, 타카시로!"

워프 출현 위치는 좁은 통로였다.

똑바로 나아간 막다른 방에서, 어떤 보옥이 놓인 받침대가 설치되어 있었다.

오. 성중하게 위쪽에 이름이 떠올라 있는데, 세이브 포인트라 적혀있다!

“좋았어, 세이브 포인트 왔어!”

“해냈네! 이번 공략은 성공인 것 같아.”

나는 바로 『세룰리아의 은반』을 꺼내서 세이브 포인트에 들었다.

세이브했습니다! 다음번 이후에는 이 계층부터 재개가 가능합니다!

“좋~아좋아. 됐어 됐어!”

“이걸 반복해서 점점 깊은 곳으로 내려가는 거구나 꼬꼬~.”

“그리고, 마지막까지 가면 『레인보우 가드』 교환 아이템을 입수할 수 있는 거지.”

“분명 보스도 있겠네—. 대체 어떤 걸까? 두근두근해!”

“그러게! 좋아, 제한 시간까지 적당히 적이라도 잡아볼까.”

그래서 남은 시간을 적당히 때우자, 우리는 강제 워프로 던전 밖으로 배출되었다.

일단 한 번 가보고 얼추 분위기는 파악했다.

각층 게이트 개방 조건은 그 밖에도 여러 가지가 있겠지만, 그건 나중에 정보를 축적해 나가야겠지.

그리고 패턴을 해석해서 법칙성을 찾아낼 수 있으면 좋겠다.

자기가 원하는 개방 조건을 노리고 낼 수 있으면 근사할 거다.

한 번 더 가봐도 되겠지만, 코코루와 카타오카는 볼일이 있다고 해서 나머지는 내일 이후로 미루기로 했다.

4인팟으로 제한이 아슬아슬하니까, 아무리 그래도 나와 에밀리만으로는 다음 세이브 포인트까지 도착하는 건 어렵다고 판단했다.

내일이 되면 마에다다 야노도 올 테니까, 초조해할 건 없다.

아키라는 며칠은 못 온다고 했으니까, 조금 더 기다려야겠지—.

일단 세 명에게는 이 수상 코티지에 대해 메시지로 알렸으니까, 게임에 로그인하면 메시지를 보고 여기로 올 거다.

일단 나는 내일 또 『어즈워스 해저 유적군』에 가기 전에 『엘리멘탈 서클』의 검증을 해두고 싶었다.

발동하는 속성은 랜덤인 모양이지만, 정확하게 몇 종류가 있고 어떤 확률 분포를 가졌는지 조사하고 싶다.

은근히 복잡한 사양을 가진 마법 같으니까 검증할 보람이 있단 말이지.

첫인상으로는, 파티 멤버를 지원하기 위해 사용하는 건 오히려 디메리트가 되는 경우가 많으니 미묘. 자신만 서클 효과를 받아서 추가 공격에 사용하는 건 뭐, 못 써먹을 정도는 아니다? 그런 느낌이다.

종합하면, 솔로잉 능력을 조금 플러스하는 취미 마법이라 할 수 있겠지.

이런 곤란한 녀석을 활용해서 빛나게 만드는 것이 나의 기쁨!

보람이 있다는 거지요!

"그럼 우리는 돌아간다 꼬꼬. 나중에 보자 꼬꼬~."

"그럼 간다~. 나중에 또 들를게."

"그래, 수고했어. 언제든 오라고."

"코코하고 카타오카, 고마워~. 즐거웠어. 나중에 봐~."

에밀리는 돌아가는 코코루와 카타오카에게 싱글벙글 웃어주며 손을 흔들었다.

수상 코티지에는 나와 에밀리 두 사람만 남았다.

"자…… 어디. 그럼 오늘 데이터를 종합해볼까!"

나는 거실 소파에 앉아서 바로 『디르의 마탁』을 기동했다.

이건 게임 안에서 쓸 수 있는 노트북이라 할 수 있다.

"그러게. 그래도 아직은 B5F니까, 그렇게 많은 정보는 없었어."

에밀리도 어울려주려는지 내 옆에 앉았다.

나는 류가 드래곤 레코더로 출력한 로그도 참조하면서 나온 적의 종류나 게이트 개방 조건 리스트, 그리고 각 계층 맵 구조 등을 정리했다.

맵 구조는 아마 랜덤이겠지만—.

랜덤이라고 하면서도 뭔가 법칙이 있는 건 게임 세계에서는 자주 있는 일.

그래서 남들보다 먼저 공략하는 걸 지향한다면, 이런 세세한 부분을 깊이 파고드는 것이 중요하다.

나는 기억을 의지해서 다수의 네모로 조합된 맵을 PC에 그렸다.

"어라— 여기는 어땠더라……?"

"오른쪽에 모퉁이가 있고, 세 블록 앞이 막다른 곳이었어."

"오. 역시 에밀리네! 나이스 기억력, 역시 프로게이머는 다르다니까!"

"후후후. 그래도 렌이 기억하는 범위는 더 넓잖아? 렌이라면 분명 나 이상이 될 거야. 그런 생각은 없어?"

"으~음…… 별로 생각해 본 적은 없네."

"그래? 뭐, 일본은 e스포츠 분야에서는 뒤처졌으니까."

"그보다 지금은 이 게임에서 로망포의 극치에 다다르는 것밖에 생각하지 않으니까!"

뭐, 현실적으로 장래에 뭘 할 거냐고 묻는다면 프로게이머에 흥미가 없는 건 아니지만…… 일로 하게 된다면 게임을 만드는 것에 더 흥미가 있을지도 모른다.

그것도 어떻게 될지는 모르지만—.

"아하하하. 즐거워 보이네. 렌은 그런 점이 전혀 변함이 없다니까. 오늘도 즐겁게 하고 있었고, 덕분에 나도 즐거웠어."
"뭐야? 프로게이머는 즐겁지 않아?"
"즐거워. 그래도 뭐, 그것만 있는 건 아니게 되었으니까. 이 게임에서도 렌처럼 일부러 구린 직업을 골라서 몰두하는 건 좀 힘들었거든— 어느 정도 플레이어로서 결과를 남겨야 하니까…… 사실은 나도 문장술사를 마음에 두고 있었어. 뭐, 중기사도 마음에 들기는 하지만."
"그렇구나. 일로 할 때의 의욕을 고민하는 건가. 어른스러운 고민이네."
"후후후. 그래서 렌을 보고 있으면 기분이 좋아. 시원스러울 정도로 자기 마음대로 하니까."
에밀리는 내 팔을 붙잡고는 살짝 어깨에 목을 기울였다.
일본인과 미국인은 사람과의 거리에 차이라도 있는 건가—.
에밀리는 남매 같은 느낌으로 하는 걸지도 모르지만…….
"……."
나는 굳이 아무런 말도 하지 않고 빈손으로 『디르의 마탁』을 조작했지만—.
"어라? 안녕!"
그때, 에밀리가 누군가를 찾았는지 말을 걸었다.
"어, 아, 안녕하세요……."
그렇게 당혹스러운 듯이 반응한 건— 교복 차림의 아키라였다.

"어라? 아키라, 어쩐 일이야? 오늘은 못 온다고—."

"아, 응…… 메시지 왔었으니까, 자기 전에 잠깐 낌새라도 보려고 왔는데— 렌은 대체 뭘 하고 있는 걸까아?"

고고고고고고고……!

아, 큰일 났다. 왠지 아키라의 뒤에서 암흑의 오라 같은 것이 보이는데—?!

"와아! 네가 아키라구나! 남자인 줄 알았는데 굉장한 미소녀였다고 렌이 말했었는데……! 정말 귀엽네~~~!"

에밀리는 일어나서 아키라에게 다가가더니 손을 잡고 꺄아꺄아 좋아했다.

기세가 꺾여버린 아키라는 어안이 벙벙해졌다.

"어, 저기— 고, 고마워……."

"아, 난 에밀리야! 렌의 소꿉친구고!"

"소꿉친구?! 아아— 그, 그렇구나, 처음 들었는데—."

"여름방학 때는 이세계 사마르에서 같이 놀 거니까, 잘 부탁해!"

"으, 응. 잘 부탁해, 에밀리."

아키라는 그제야 조금 웃었다.

"저기저기, 아키라는 렌의 여친이야?"

사람을 대하는 법이 아메리칸 스타일인 에밀리가 곧바로 직구를 던져왔다.

"뭐어어?! 아, 아니야……! 우리는 그런 게—."

아키라는 고개를 붕붕 내저으며 부정했다.

"아, 그렇구나—. 그럼, 너무 렌한테 화내지는 말아줄래? 딱히 나쁜 마음이 있었던 건 아니니까."

"……아! 아하하하하하……! 그러게, 그렇지— 미안, 렌."

"으, 응— 딱히 상관은 없지만……."

"그럼, 슬슬 나도 돌아갈게. 가족이 기다리니까."

지금 여기서 돌아가는 거냐! 뭔가 분위기가 좀 이상해졌잖아?!

"그럼 내일 봐, 렌. 아키라도, 다음에 같이 놀자~."

에밀리는 나와 아키라에게 손을 하늘하늘 흔들었다.

"어, 어어—."

"으, 응. 바이바이, 에밀리."

"아, 맞다 렌. 그 일은 모두에게는 비밀로 해줄래? 아직 들키면 곤란하니까."

그때, 에밀리가 내게 못을 박았다.

뭐, 무슨 소리냐면 에밀리의 사생활에 관한 이야기인데…….

나는 편지를 받아서 알고 있지만, 뭐 말하지 말라면 지켜줘야겠지.

"그래, 알았어."

"응응, 고마워. 그럼 잘 있어~ 편히 쉬어~."

에밀리는 웃으면서 수상 코티지를 떠났다.

……그럼? 남겨진 우리는 어떻게 하지—?

"……그게, 에밀리는 미국인이라서 남들과의 거리가 가깝다니까. 악의는 없을 거야 분명."

"아, 응— 그보다도 여기, 엄청 크네! 분명 길드 하우스보다 넓을 거야! 코코루 님 만만세네!"

아키라는 방긋 웃으면서 평소와 같은 표정을 지었다.

다행이다……. 나는 조금 마음을 놓았다.

아까 그 어둠의 오라가 부활하면 어쩌나 했다니까—.

"그렇지. 여름방학 동안에는 계속 쓸 수 있는 것 같으니까, 여기를 거점으로 삼아서 확실하게 공략해야지!"

"공략? 뭘?"

"아, 그런가. 그건 메시지에 적어두지 않았지— 자, 이걸 보라고!"

나는 카타오카가 가져온 『어즈워스 해저 유적군』 전단지를 아키라에게 보여줬다.

"으~음, 어디어디— 『어즈워스 해저 유적군』에서 얻을 수 있는 아이템과 교환……? 와, 이 『레인보우 가드』 굉장하지 않아?! 레벨에 맞춰 방어력이 올라가고, 겉모습을 선택할 수 있고 탤런트 슬롯도 늘어난다니—?!"

"그럼, 굉장하지! 선착순 열 개까지라고 하니까, 반드시 얻으려고. 아키라에게는 꼭 필요하지 않을까?"

"어? 나?"

"이게 있으면 소드 댄서라도 멀쩡한 모습을 가진 멀쩡한 장비를 입을 수 있잖아? 겉모습 문제가 해결되면 보호자 참관이 또 있더라도 자퇴할 위험은 없어지니까!"

"아— 그렇구나……. 나를 위해서 노력해주려는 거구나~."

"뭐, 순수하게 재미있어 보인다는 점도 크지만. 아키라가 없는 동안에는 에밀리도 도와줄 테니까, 갈 수 있을 만큼 가야겠지!"

"동경하던 여왕벌 플레이네, 여왕벌 플레이! 아무것도 안 하는데 아이템을 받을 수 있다니♪"

"……아니, 빨리 게임 복귀하라고. 역시 나도 아키라와 같이 있지 않으면 진정한 힘을 발휘하지 못하는 것 같으니까."

"그러게. 렌은 소드 댄서가 있어야 하니까. 노조미도 내일부터 나랑 같이 있어서 못 도와줄 거고—."

"뭐, 지금은 절박하지는 않으니까 괜찮긴 해도. 그런데 할아버지는 다친 데 괜찮으셔?"

"아, 응. 건강하신데? 조금 지루하긴 해도 어떤 의미로는 좋은 휴가가 된다고 하셨어."

"그런가—. 뭐, 건강하시면 잘된 일이지."

"응. 아, 맞다! 지금부터 잠깐 바깥에 산책이라도 나갈래? 던전에 갔으면 아직 못 돌았잖아? 이 팸플릿 보니까 여러 가지가 있대!"

아키라는 우리도 받은 이세계 사마르 팸플릿을 꺼내서 눈을 반짝였다.

이쪽도 워프했을 때 NPC 누나에게 받은 거겠지.

"응? 아~ 그건가. 근데 빨리 자지 않아도 되겠어? 내일도 볼일 있다며?"

"괜찮아 괜찮아! 한동안은 집의 속박 때문에 게임도 못하니까. 지금 이럴 때 즐겨야지!"

"으음, 그럼 갈까? 유원지라든가? 밤에는 잿날 포장마차도 한다고 카타오카가 그러던데—."

"와! 팸플릿에도 적혀있어! 그럼 잿날 가자! 나, 인생에서 한 번도 가본 적 없어~. 조금 동경했거든!"

그렇군—. 아키라 같은 양갓집 아가씨는 그런 서민들이 있는 곳에는 보내주지 않는 건가.

"아. 그럼 말이지—."

확실히 여자용 워크인 클로젯에는 유카타가 놓여있었지—?

제 4 장 유카타 갸루와 미니 게임

"짜잔~! 어때? 어울려?"

아키라가 싱글벙글 웃으며 워크인 클로젯에서 나왔다.

옷은 교복이 아니라, 여기에 있던 유카타로 변했다.

오오— 이거 보기 좋은데. 추천한 보람이 있다.

"—심플하고 귀엽다는 한마디뿐!"

"뀨~! 아키라, 예뻐. 예뻐!"

류도 유카타가 좋은 모양이다. 확실히 무늬 같은 것도 선명하니까.

"고마워~♪ 렌도 잘 어울려."

"그런가? 고맙다!"

남자용 유카타도 있었기에 나도 착용했다.

"게임이라고는 해도, 유카타는 오랜만이네—."

"그러게. 여름이라면 집에서 게임인데 말이지?"

"그렇단 말이지! 여름방학은 공략도 검증도 몰두할 수 있으니까."

"그러게. 생각해 보면 작년 여름방학도, 재작년 여름방학도, 그 전년에도 같이 게임만 마구마구 했었으니까~."

"맞아. 지금 생각해 보면 근사한 중학교 시절이었어!"

"……초등학교 시절에는 에밀리랑 같이 했었어?"

"4학년까지는. 4학년 끝에 에밀리가 미국으로 돌아갔거든."

"그랬구나. 그때는 즐거웠어?"

"그럼! 그야 당연…… 아얏?!"

뭔가 발을 밟았어!

"아, 미아~안. 나막신이라 걷기가 좀 힘드네."

데헷, 하고 웃는 표정이지만, 어째서인지 배후에 어둠의 오라가 풍기고 있었다.

"……아, 아냐. 괜찮아 괜찮아. 그럼 가볼까."

"응. 그나저나 이 유카타, 꽤 좋은 장비네—."

"응? 그쪽도?"

방어 성능은 전무하지만, 좋은 특수 능력이 붙어있었다.

비싼 유카타(♂)

종류 : 갑옷　장비 가능 레벨 : 1　방어력 : 1

장비 가능 직업 : ALL

특수 성능 : HP MAX+100, HP 자동 회복 (10HP/S)

"어째서인지 HP 자동 회복이 있다니까."

"어? 그쪽은 HP야? 이쪽은 MP인데?"

"음……?! 남녀용인데 성능이 달라?"

"응, 자. 봐봐."

비싼 유카타(♀)

종류 : 갑옷　장비 가능 레벨 : 1　방어력 : 1

장비 가능 직업 : ALL

특수 성능 : MP MAX+50, MP 자동 회복 (5MP/S)

"오오…… 진짜잖아!"

"이거, 대미지를 받지 않는다면 꽤 좋은 MP 회복 장비가 되겠네."

"그러게. 이세계 사마르에서 가지고 돌아갈 수 없는 게 아깝네."

"가지고 돌아갈 수 없어? 그래서 성능이 좋은 거구나. 뭐, 나는 MP를 쓰지 않지만."

소드 댄서는 회복 댄스 같은 것도 AP로 사용하니까.

응? 아니, 잠깐만. 쓸데없이 MP가 넘쳐나는 나의 『엘리멘탈 서클』을 받기에는 최적 아닌가?!

적의 공격목표만 되지 않는다면, 방어력이 종잇장이든 상관없으니까!

이거 꽤 재미있는 걸 볼 수 있을지도 모른다!

그랬군. 『엘리멘탈 서클』은 유카타 갸루를 지원하기 위한 마법이로군요!

“아니, 이건 MP를 쓰지 않는 사람에게 좋을지도 몰라—. 아아, 검증해보고 싶어……! 이 주변에 몬스터 없을까……?!”

“에에에엑?! 먼저 잿날 가자~~~!”

“아. 그래도 도중에 발견하면 조금만 하게 해줘! 조금만!”

“응, 그건 상관없지~. 그럼 가볼까?”

그렇게 우리는 수상 코티지에서 나와서— 거기서 손님과 마주쳤다.

“오? 타카히로에 앗키잖아! 안뇽~!”

“타카히로의 메시지를 보고 낌새를 보러 왔어.”

마에다와 야노였다.

두 사람 모두 내가 보낸 메시지가 신경 쓰여서 보러 온 것 같다.

“오. 코토미, 유우나!”

“둘 다 이거 좀 보라고. 이게 코코루가 당첨을 뽑은 VIP 룸이야!”

“오~ 굉장하잖아! 여름 동안에 이걸 계속 쓸 수 있다니 불타오른다구!”

“코코루 만만세네— 굉장히 근사한 곳이야!”

“이런 데는 현실에서는 평생 못 오잖아! 게임이라도 좋으니까 마구마구 만끽하고 싶어!”

이 수상 코티지의 로케이션이 여자아이의 마음을 붙잡았

는지, 마에다도 야노도 텐션이 높았다.

“저기저기, 둘 다 이거 봐봐! 코티지 안에 있었어!”

아키라가 빙글 돌아서 두 사람에게 유카타를 보여줬다.

“오~ 괜찮네!”

“귀엽네.”

“섬 안에서 잿날도 한대! 두 사람도 갈아입어서 다 함께 가자!”

“오케이! 나도 갈래!”

“응, 알았어. 그럼 우리도 갈아입을게.”

그렇게 잠시 기다리자— 유카타 갸루가 세 명으로 늘어났습니다!

이야~ 굉장히 화사하군요. 우리 길드는 다들 미소녀라서 이럴 때 퀄리티가 장난 아니라니까.

“좋았어, 그럼 가볼까!”

““““오~!””””

그렇게 해서, 그리폰 택시를 타고 잿날 축제 행사로 이동!

행사 자리에 도착하자, 그곳은 신사 경내와 같은 곳에 포장마차가 늘어선 광경이었다.

스탠더드한 일본의 축제 느낌인가.

그러나 이세계 사마르는 에밀리가 있듯이 외국 분교와도 연결되어 있으니까, 그쪽 사람들에게는 신선하겠지.

일본 문화를 즐겨달라는 의미를 담은 이벤트인가—.

"와아—! 굉장해~ 이런 건 처음이야아아아아!"

"……."

뭐, 약 한 명. 순수한 일본인인데도 무지막지하게 텐션이 올라간 사람도 있습니다만!

아키라는 눈을 반짝반짝 빛내면서! 포장마차를 이곳저곳 돌아다녔다.

"하하하— 앗키 신났네……."

"이런 곳에 온 적이 없는 것 같으니까."

"좋은 집에 사는 사람은 자유가 없는 게 조금 답답해 보이네."

"저기저기, 얘들아~! 이거 먹어보자~!"

아키라가 솜사탕 포장마차 앞에서 손을 흔들었다.

우리도 아키라에게 어울려줘서 모두 함께 솜사탕을 먹고 있는데—.

""""오오오오오오~~~!""""

근처 포장마차에서 무척이나 기합이 들어간 환성이 들려왔다.

음…… 뭔가 분위기가 달아오르고 있나?

바라보니, 사격 포장마차 같은데— 조금 낌새가 이상했다.

단순한 사격이 아니라, 건 슈팅 게임이었다.

거기에 인파가 몰려있었던 거다.

그리고 점원 NPC 아저씨가 목청을 높였다.

"자자. 들러보세요, 보고 가세요! 오늘 설정 포인트는 5만 점이라고! 클리어한 사람에게는 『전이석』을 선물! 그리고 10만점을 넘은 사람에게는 『상급 전이석』을 선물하겠어!"

"뭣이이이?!"

『어즈워스 해저 유적군』 돌입용 아이템이잖아!

일반 『전이석』조차도 개당 5만 미라인데!

그렇구나. 여기는— 그냥 축제 기분을 즐기는 곳이 아니라 『전이석』 획득을 위한 미니 게임이 모여있는 곳이었나?!

그러고 보니 무척이나 열기가 넘쳐나는 포장마차가 몇 군데 있었지—.

이거 큰일인데. 진지하게 얻으러 가야겠어!

"오오오오오오~~! 애들아! 이거 하자! 『전이석』 모으자고!"

나는 사격 포장마차의 껍데기를 뒤집어쓴 건 슈팅 게임 코너를 가리켰다.

"렌, 『전이석』이 뭐야?"

"우리는 이제 막 와서 아무것도 모르거든."

"그러게. 저기 있는 사람들도 무척 달아오르고 있는데—."

"아, 『전이석』은 말이지…… 실은 이러이러 저러저러해서~."

나는 『어즈워스 해저 유적군』이나 미끼 상품인 『레인보우 가드』, 그리고 던전 어택에는 『전이석』이 절대적으로 필요하다는 설명을 했다.

여기서 『전이석』을 정기적으로 얻을 수 있다면 던전에 계속 도전하기 위해서 자금을 어떻게 조달해하느냐 하는 문제를 클리어할 수 있는 셈이다.

솔직히 하루 다섯 번 돌입 페이스가 이어진다면, 우리의 자금은 여름방학 종료 전에 모조리 날아갈 거다.

이거 좋은 포인트를 찾았다! 와서 다행이다. 유카타 미소녀들을 보고 눈호강을 하는 것 이상의 실리가 있었어.

"좋~았어. 알았다구! 내가 『전이석』 얻어줄게!"

"자신 있어 보이네, 유우나."

"평소에도 총 써서 싸우잖아!"

그러게. 야노가 이 게임에서 쓰는 메인 웨폰은 총이니까.

가능할 것 같은 기분이 든다! 열심히 해달라고 하자!

"건 슈팅이라…… 나는 조금 자신 없네. 렌은?"

"뭐, 그럭저럭 가능하긴 한데—."

"나도 조금 익숙하지는 않네…… 레이싱 게임이라면 자신 있는데."

"아. 그럼 난 격겜 포장마차가 좋아! 격겜이라면 가능해!"

"일단 내가 해볼게! 아저씨~ 나 한번 할래!"

"오냐~! 도전은 하루에 한 번뿐이니까. 잘~ 노려서 힘내 보라고!"

그렇군— 하루 한 번 『전이석』을 얻을 기회라는 건가.

확실히 몇 번이고 도전할 수 있다면『전이석』을 마구 양산할 수 있을 테니까.

다른 게임도 그런 사양인가? 그렇게까지 무르지는 않을 거다.

그러나 NPC 아저씨는 돈을 받지 않으니까, 하루 한 번 공짜로 도전하게 해준다면 충분히 양심적인 시스템이다.

아저씨가 사격총인 척하는 라이플형 컨트롤러를 야노에게 건네주자, 과녁 대신 게임 화면이 퐁, 떠오르면서 게임이 시작됐다.

꽤 스탠더드한 건 슈팅 게임—인가? 게임 센터에서 일반적으로 놓여있는 기종 같다.

세계관은 이 UW에 가까운 판타지 세계가 무대이고, 거기에 사악한 사령술사가 나타나서 좀비를 대량 발생시키며 돌아다니고 있어서 그걸 총으로 쏴 죽이는 것이었다.

판타지 세계의 좀비물이라고 해야 하나?

아무튼 야노는 좀비를 탕탕 쏘면서 앞으로 나아갔다.

적이 꽤 많았지만, 미스는 없었다. 오오~ 제법이네.

"와~ 유우나. 잘한다 잘한다!"

"후후! 여기서 총을 쓰게 되고 나서 왠지 애착이 생겨서 집에서 건 슈팅 마구마구 하고 있었거든!"

아, 내가 채집한 로그 데이터를 우리 집에서 해석하듯이, 야노는 건 슈팅에 몰입했던 건가.

뭐, 『레이브라의 마필』용 새로운 디자인 고안 같은 것도 하는 모양이지만.

그렇게 쾌진격을 이어가는 야노의 스코어는 점점 쌓여갔고—.

그리고 드디어, 『전이석』을 받을 수 있는 5만 점 근처로!

"야노, 조금만 더 하면 5만 점이야!"

"오케이라구!"

그러나 그때였다. 화면 안에서 적 보스로 보이는 아저씨가 네 이노오오옴 하고 외친 순간, 게임 화면 영역이 옆으로 쫙 넓어지며 와이드가 되었다.

오오, 이런 식으로 나오는 건가?!

건 슈팅에서 화면이 넓어진다는 건, 그만큼 적의 숫자가 늘어난다는 거다. 순조로웠던 야노의 페이스가 갑자기 흐트러졌다.

"우와아앗?! 숫자 너무 많잖아!"

대량의 좀비가 몰려와서 라이프가 팍팍 줄어들었다!

완전히 죽이러 오고 있잖아!

"아앗?! 아~~ 죽었어! 점수 몇 점이야?!"

허망하게 격침된 야노가 분한 듯이 외쳤다.

"아~ 아깝네. 아가씨. 스코어는 46000점이야!"

"아아앙, 정말! 아까워라! 분해~~~!"

"좋았어. 내가 원수를 갚아줄게! 배치는 익혔으니까!"

"오~. 렌 힘내~!"

그렇게 해서 내가 도전했다.

아까 야노가 죽었던, 화면이 와이드화돼서 적의 양이 급증하는 구역까지 도달!

여기까지는 문제없지—.

"여기부터 조심하라구!"

"그래! 한 번 봤으니까 5만은 가능해!"

그러나— 그때였다.

"응?! 우왓, 이 녀석 출현 패턴이 다르잖아?!"

난이도 급상승에다가 적의 공격 패턴이 야노 때와 달라졌다.

으으음— 꽤 버거운데!

이거 생각보다 5만 따내는 게 힘들잖아—!

패턴이 얼마나 있는지는 모르겠지만, 좀 더 본격적으로 분석하지 않으면 10만 점 클래스는 어려울지도……!

그래도 어찌어찌 버텼지만—.

7만, 8만으로 스코어가 쌓이자, 다시 보스로 보이는 아저씨가 화면에 나왔다.

그리고, 화면이 한 단계 더 와이드화했다!

"우왓?! 또 구역이 넓어졌어!"

아무리 그래도 이젠 위험하다고! 잠시 뒤에는 나도 격침됐다!

"오~ 형씨 정말 애쓰던데! 스코어는 82000점이야! 자, 『전이석』이야. 가져가라고!"

"감사함다~!"

10만은 도달하지 못했지만, 뭐 『전이석』은 받았으니까 넘어갈까!

"나이스 렌! 역시 대단하네~!"

"아~ 져버렸어. 분해라~! 꽤 몰두하고 있었는데!"

"뭐, 나는 처음에 야노가 하던 걸 보고 어느 정도 익혔으니까. 기왕이면 10만 점을 따고 싶었는데……."

"저기저기, 얘들아. 저걸 봐!"

마에다의 눈이 반짝였다.

뭔가를 발견한 모양이다. 손으로 가리킨 포장마차는—?

"앗?! 레이싱 게임이다!"

"내 차례지?! 다음에는 저걸 해보자!"

마에다라면 『상급 전이석』도 기대할 수 있을지도?!

레이싱 게임 포장마차도 아까 갔던 건 슈팅 게임 포장마차와 마찬가지로 대성황이어서, 상당한 인원이 모여있었다.

여기에도 평범한 게임 센터에 있는 레이싱 게임 기기가 놓여있다.

그러나 일반적인 것보다 스크린이 대형이고, 상당히 박력 넘쳤다.

화면을 봐서는 장해물이 많은 거리를 달리는 계열의 게임 같다.

"자, 오늘의 설정은 클리어 타임 3분 이내라면 『전이석』, 2

분 반 이내라면 『상급 전이석』을 선물하겠어!"

여기도 포장마차 아저씨 NPC가 기세등등 목청을 높였다.

응. 역시 여기도 『전이석』을 받을 수 있구나.

"그럼 내가 할게!"

"아, 기다려. 마에다. 내가 정찰용으로 먼저 할게. 그걸 먼저 익히고 나서 『상급 전이석』을 노려줘!"

내가 먼저 해서 한 번 보여주면, 마에다라면 『상급 전이석』을 얻을 수 있을 거다.

"그렇구나. 응, 알았어."

"좋았어, 아저씨! 내가 할래! 하게 해줘!"

"응~? 형씨는 오늘 이미 『전이석』을 얻었으니까 선물은 없는데, 그래도 하겠어?"

"응……? 그런 거였나. 모든 게임에서 『전이석』은 하루 한 개인가."

나는 아까 건 슈팅에서 얻었으니까.

게임이 다르다면 줄 줄 알았는데, 그런 건 아니었나.

뭐, 마에다에게 보여주기 위해서니까 문제는 없겠지.

"알았어. 그럼 하게 해줘!"

"오냐!"

그렇게 해서, 게임 스타트!

나는 일본의 오피스 거리 같은 구역을 폭주!

뛰어드는 다른 차량이나 위에서 떨어지는 간판이나 유리

창 같은 낙하물을 피하면서 골을 향해 달렸고—.

"오! 클리어 타임은 2분 50초네! 『전이석』은 이제 줄 수 없지만, 좋은 타임이었어!"

아저씨가 나를 칭찬해줬다.

"오~ 렌. 그럼 어느 게임에서도 『전이석』을 얻을 수 있겠네."

"『상급 전이석』을 얻고 싶은데 말이지. 뭐, 오늘은 마에다가 얻어줄 거야!"

"……응, 맡겨둬! 네 희생은 헛되이 하지 않을게!"

"아니, 그건 죽은 녀석한테 하는 대사잖아. 안 죽었다구."

"후후. 잠깐 말해보고 싶었을 뿐이야!"

역시 이런 계열이라면 평소보다 텐션이 높네~ 마에다.

평소에는 하지 않는 농담까지 하니까.

"그럼 아저씨. 다음에는 제가 할게요!"

"그래그래. 열심히 하라고~! 그럼 스타트!"

그리고 마에다의 게임이 시작됐는데—.

"……아! 스테이지가 다르네……!"

"우왓, 바뀌었잖아!"

이번에는 교토처럼 신사, 절이 늘어선 거리를 폭주하는 구역이었다.

하늘하늘 흩날리는 벚꽃잎이 아름답지만— 그게 시야를 어느 정도 가로막고 있어서 코스 난이도를 올리고 있었다.

"어어?! 이거 아까보다 어렵지 않아?!"

"아앗~! 운이 나쁘잖아!"

아키라와 야노가 우우~! 하고 불만을 터뜨렸다.

"괜찮아— 비공정 니트로 정도의 스피드는 없으니까 간단히 따라갈 수 있어! 게다가, 처음 보는 스테이지가 더 불타오르니까!"

"그럼 내 정찰이 의미가 없…… 아니 근데 잘하잖아?!"

"오오오오오~~~?! 굉장해!"

"뭔가 엄청난 움직임이잖아!"

명백하게 격이 다른 속도로 내달린 마에다의 타임은—.

"1분 55초! 2, 2분을 밑도는 아이는 지금까지 처음이야—! 축하한다! 『상급 전이석』을 가져가!"

"감사합니다!"

"나이스 나이스! 역시 마에다야!"

"역시 코토미야!"

"잘했어 코토미~! 나이스라구!"

갤러리들도 짝짝 박수를 보냈다.

『상급 전이석』을 받은 마에다도 에헴, 하고 콧대가 높아 보였다.

"하지만 주의하라고. 『상급 전이석』을 한 번 받으면 그 게임에서는 다음부터 『상급 전이석』을 받지 못하게 돼. 다음부터는 지금 기록이라도 일반 『전이석』이야."

끄응……! 마에다에게 『상급 전이석』 양산을 부탁할 수 있을 줄 알았는데!

그렇다면 『상급 전이석』은 귀중하니까 아껴서 사용해야겠네—.

여차할 때 투입해야겠다.

뭐, 마에다는 매일 확정적으로 『전이석』을 얻을 수 있으니까 괜찮나—.

이 실력이라면 『전이석』을 놓치게 될 일은 없겠지.

아무튼, 레이싱 게임은 무사히 승리했으니까—.

"좋아, 다음에는 내 차례니까! 격겜 가자 격겜!"

그렇게 우리는 아키라가 노리는 포장마차를 찾기로 했고—.

잠시 걸어가다가 그럴싸한 게임 포장마차에 도착했다.

"이건— 격겜이라면 격겜인가……?"

커다란 모니터가 하나 있고, 좌우에는 홍코너와 청코너를 본뜬 플레이어 조작대가 있다. 조작대라고 하기에는 컨트롤러 같은 게 없지만, 저건 저 조작대 위에 올라가서 플레이어의 움직임을 트레이스하는 것이고, 위에 올라가서 공격 동작을 하면 모니터 위의 로봇이 펀치나 킥을 날리는 거다.

화면은 3D 로봇 격투풍 게임 화면이지만, 이건 조작이 리얼 파이트 쪽이네.

한마디로 정리하자면 모○ 트레이스 시스템 같은 무언가다—!

크기가 큰 게임이라서 대전대는 하나뿐. 거기서 플레이어들이 싸우는 중이었고, 갤러리는 환성을 내지르며 즐기고 있었다.

"오오오오~! 이거 로봇 격투네! 재미있어 보여!"

"할 거야? 이거 모션 트레이스식 같으니까 아키라가 하고 싶은 격겜하고는 좀 다른 거 아냐—?"

"하지만 난 이래 봬도 현실 호신술 같은 것도 익혔거든? 꽤 자신 있어!"

아키라는 의욕이 가득한 것 같았다.

지금 진행되는 시합 상황을 보니— 마침 결판이 나고 있었다.

실황을 맡은 사람의 목소리가 그 자리에서 크게 울렸다.

"어이쿠, 들어갔습니다아아아아아! HP의 절반 이상을 남긴 압승! 자자, 이걸로 9연승으로 『초급 전이석』 직전입니다아아아아아아!"

이건 젊은 여자 목소리군— 아저씨 NPC가 아닌가?

그나저나 왠지 귀에 익은 목소리인데……? 그렇게 생각해서 모습을 확인해봤다.

아— 나카타 선생님이었냐! 이런 곳에서도 실황을 맡고 있다니!

"자자, 다음 도전자는 누구일까요?! 이 게임은 대전 전용, 한 번이라도 이기면 『전이석』! 다섯 번 이기면 『상급 전이석』! 열 번 이기면 무려 『초급 전이석』을 선물! 『초급 전이석』

을 받을 수 있는 게임은 이것뿐입니다! 현재로서는 저 누님이 아홉 번까지 연승 중입니다~!"

승자의 자리에 오른 건 20대 전반 정도의 여성이었다.

마침 나카타 선생님과 비슷한 또래다.

어깨까지 닿는 흑발의, 순수한 일본풍 분위기를 내는 미인이었다.

은근히 동안인 건지, 두르고 있는 분위기가 날카로워서 확실히 연상 같은 느낌의 인물이다.

우리보다 연상이니까, 학원 플레이어가 아니라 이세계 사마르에 한정 로그인한 외부인이겠지.

VRMMO에 흥미가 있어서 온 게이머인가?

여기 있는 녀석들은 게임에 몰두하는 녀석들밖에 없는데, 그중에서 9연승이라면 대단하네.

뭐, 이 게임은 모○ 트레이스 시스템 같은 거니까 순수한 격겜 실력보다는 리얼 파이트력을 시험하는 기분이 들기도 하지만.

아무튼. 나카타 선생님이 갤러리 안에서 도전자를 모집했지만 좀처럼 나서는 사람이 나오지 않았다. 한 번만 이기면 『전이석』을 받을 수 있으니까, 이길 만한 상대와 붙고 싶다는 것이 자연스럽다면 자연스러운 생각이다.

9연승 중인 저 누나와 붙어서 질 바에는, 낌새를 보다가 이길 수 있는 상대일 때 『전이석』을 노리러 가는 게 좋겠지.

그러나 그런 가운데— 희희낙락하며 손을 든 누군가가 있었다! 내 옆에서!

“저요저요! 저요~! 제가 할게요~!”

“……앗! 어이어이, 상대방 엄청 세 보이는데?! 갑자기 갈 거야?”

“후후후— 지금 내 심정을 한마디로 표현해볼게? 나보다 강한 녀석을 만나러 간다! 아니면 나 두근두근하다고!”

“아니, 두 마디 했잖아! 둘 다 알고 있다고!”

뭐, 아키라는 이런 구석이 있지.

이런 계통의 게임은 잘하니까, 딱히 무모한 것도 아니다.

손을 들고 어필하는 아키라를 나카타 선생님이 눈치챘다.

“어머, 아오야기—?! 으음, 어쩌실래요? 제 판단으로 기각할 수도 있는데요……?”

나카타 선생님이 연승 중인 누나에게 물었다.

캐릭터 네임은—『시즈쿠』 씨인 모양이다.

일단 나카타 선생님이 두 손을 비벼대면서 굽실거리는 걸 보면, 저 사람은 꽤 지위가 높은 건가? 학교 스폰서라든가 그런 VIP라도 되나?

뭐, 이세계 사마르가 외부 개방되어 있는 지금은 이런 지위의 사람이 시험 플레이를 하더라도 이상하지는 않다.

“상관없다만? 상대해주도록 하지. 자, 소녀여. 이리로 올라오도록.”

꽤 고풍스러운 말투를 쓰는 사람이지만, 외모는 동안이고 귀여운 계열이라서 조금 맞물리지 않는다. 뭐, 게임이니까 캐릭터를 만들고 있는 걸지도 모르지만.

딱히 게임에서 현실과 똑같이 행동할 필요는 없지.

아카바네 씨 댁의 오라버니 같은 사람은 자신의 성벽을 위해 게임 세계를 120퍼센트 풀로 이용하고 있으니까.

솔직히 그렇게까지 가면 기겁할 정도지만, 어느 정도의 비일상 느낌을 맛보는 건 그것대로 즐거운 일이다. 이른바 롤플레이라고 하는 거다.

카타오카의 일벌 플레이도 그 일환이다. 나는 그것도 기겁하겠지만.

"네, 부탁합니다~!"

아키라는 기뻐하면서 대전대로 달려갔다.

"후후후—."

시즈쿠 씨는 아키라가 대전대에 오르자 미소를 보였다.

"꽤 즐거워 보이는군? 이 세계와 학교는 즐겁나?"

"네. 즐거운데요?"

아키라는 싱글벙글 웃으며 답했다.

"그런가. 그거 잘됐군. 하지만, 봐줄 생각은 없으니 그건 각오하라고?"

"네! 물론이죠! 이길 테니까요!"

"네. 그럼 두 사람 다 준비는 되셨나요? 자세를 잡아주세요~!"

두 사람이 대전대에 서서 서로 자세를 잡았다.

기분 탓인지, 두 사람의 자세는 꽤 비슷해 보였다.

"3— 2— 1…… 네, 시합 개시입니다!"

나카타 선생님의 목소리에 호응하듯이, 두 사람이 조종하는 로봇이 동시에 주먹을 휘둘렀다.

그때부터 일진일퇴의 격렬한 공방전이 시작됐다.

시즈쿠 씨도 강하지만 아키라도 뒤지지 않는다.

내가 보기로는 몸에 익힌 기량이랄까 공세 패턴의 풍부함, 그런 이른바 공격하는 능력은 시즈쿠 씨가 위. 그러나 반응 속도에서는 아키라가 웃돌고 있어서 그게 방어의 능숙함으로 나타나고 있었다.

공격력은 시즈쿠 씨. 방어력은 아키라.

결과적으로 시합은 양자의 HP가 거의 비슷한 페이스로 줄어들었다.

관객들의 온도도 올라가서, 격투기 시합을 보는 것과 변함없는 열기가 주변을 지배했다.

그리고— 결판이 날 때가 왔다.

"하아아아아아아앗!"

시즈쿠 씨의 로봇이 내지른 주먹 난무가 아키라의 로봇이 세운 가드를 위에서 때리며 HP를 모두 깎아낸 것이다.

상대방의 HP도 1할 정도 남아서, 정말로 박빙의 결판이었다.

"시합 종료~! 시즈쿠 씨가 10연승을 달성하셨으니 『초급 전이석』을 선물하겠습니다~!"

와아아아아아아! 환성이 솟구쳤다.

"아~ 져버렸다아. 다들 미안해~."

그런 가운데, 아키라는 시무룩하게 돌아왔다.

"정말 아까웠어. 나이스 파이트 나이스 파이트."

"응. 볼만했어."

"재미있었어! 신경 쓰지 마 신경 쓰지 마!"

"다음에 왔을 때는 『초급 전이석』을 얻어달라고! 나중에는 나도 얻을 테니까!"

"응…… 그래도 이기고 싶었어~ 분해라~!"

분통해하는 아키라에게 아까 싸운 시즈쿠 씨가 다가왔다.

"그렇게 화내지는 말라고—. 또 언제든 상대해주도록 하지. 이건 자네에게 줄 테니 기분을 풀어줬으면 좋겠어."

그러더니 아키라에게 『초급 전이석』을 휙 건네줬다.

"에에에에에엑?! 이, 이런 귀중한 아이템은 받을 수 없어요—!"

아키라는 깜짝 놀라 목소리를 높였다.

"그렇지만 나는 사용법도 모르고, 알아낼 방법도 없거든. 자네가 더 유용하게 활용할 수 있을 것 같은데……."

"그, 그래도—."

아키라는 곤혹스러워했다.

옆에서 듣던 나는 어떤 생각을 떠올렸다— 그래서, 그걸 그대로 제안했다.

"저기~. 그럼 같이 파티를 맺고 이것의 사용법과 놀이법, 보러 가실래요?"

쓸 방법이 없다면, 같이 쓰면 되잖아!

막 간 직결충?!

그리고 다음 날—.

"후아아아암……."

나는 반짝반짝 빛나는 파티장 안에서 하품을 하고 있었다.

어제는 꽤 오래 밤을 새웠으니까, 이른 아침부터 이동해서 파티에 참석하는 건 꽤 졸리다.

오늘은 정재계 인사들이 아직 사회 진출을 하지 않은 자제들을 데리고 모인다는 취지의 파티니까, 나만 오지 않을 수도 없었다.

이것도 예전부터 말했던 가문의 일인 셈이다.

함께 와야 했던 할아버지는 부상으로 입원했기 때문에, 오늘은 내가 할아버지를 대신하기도 해야 한다.

"그렇게 큰 하품이라니, 상스러워요. 아키라."

"아, 노조미. 미안해요, 조심할게요."

오늘부터 나흘간 비슷비슷한 사교계 파티들에 나가야만 하는데—.

이번에는 전부 노조미도 같이 나오니까 그나마 마음이 편했다.

"이거라도 마시고 눈을 뜨는 게 좋아요."

노조미가 아이스 커피가 들어간 잔을 건네줬다.

나는 그걸 입에 넣었지만— 썼다.

조금 인상을 찌푸리고 말았다.

"왜 그러나요? 피곤한가요?"

"아, 아뇨. 괜찮아요—."

다친 할아버지의 병문안을 가서 바빴던 밤이었는데, 잠깐 갔다가 올 작정이었다가 꽤 오랫동안 게임을 해버린 탓이다.

유카타를 입고 잿날 포장마차를 보며 모두와 이런저런 게임을 한 건 즐거웠지만—.

그 이전 단계가 신경이 쓰였다.

"……."

오늘 렌 일행은 어제 마지막에『초급 전이석』을 양보해준 시즈쿠 씨와『어즈워스 해저 유적군』에 갈 예정이다.

분명 그 에밀리와 함께—.

코코루가 당첨을 뽑은 해상 코티지에서 함께 있던 두 사람은 사이좋아 보였다.

소꿉친구니까 그런 걸지도 모르지만— 역시 가슴이 술렁인다.

에밀리는 그 후에 바로 돌아갔고, 코토미와 유우나가 와서 모두 함께 축제에 갔으니까 싱글벙글 웃을 수 있었지만—.

그대로 세 명만 있었다면 나는 어떤 표정을 지었을까? 나도 잘 모르겠다.

솔직히— 소꿉친구 속성의 신 캐릭터라니 못 들었다. 치사하잖아.

렌은 게임 바보니까 여친이라든가 그런 것에는 흥미가 없다고 생각했는데—.

어쩌면 그건 내 착각이고, 그저 에밀리를 좋아하고 있는 걸지도…… 등등.

그런 생각들만 떠오른다.

"……으!"

나는 고개를 붕붕 내저으며 불길한 생각을 머릿속에서 쫓아냈다.

하지만 곧바로— 똑같은 광경이 머릿속에 떠올랐다.

다시 고개를 내저었고— 그런데도 바로 부활해서— 아아, 정말!

지금 나, 엄청나게 초조해하고 있다.

이런 곳에서 이러고 있어도 되는가 하는 감정이 계속 솟구친다.

뭘 어떻게 해야 좋을지는 모르겠지만— 어떻게든 해야 한다는 생각이 들어서 견딜 수가 없다.

그럴 때— 갑자기 목덜미에 차가운 것이 찰싹 붙었다.

노조미가 가져온 음료수잔을 내 목덜미에 댄 것이다.

얼음이 들어서 무척 차가운지라 놀라고 말았다.

"히약?!"

"무슨 일이 있었는지 말해봐요. 이, 이래 봬도 저는 당신의 치— 친구잖아요?"

"으 으응……? 하지만, 그게— 굉장히 싫은 이야기랄까, 어떻게 할 수 있는 것도 아니고—."

"됐으니까 빨리 해요! 상담은 들어드릴 테니까요!"

억지로 재촉받은 바람에 나는 입을 열고 말았다.

나 자신도 어떻게 처리해야 좋을지 몰랐으니까—.

사실은 누가 들어주길 원했던 걸지도 모른다.

"……그렇군요. 소꿉친구인가요. 타카시로에게도 그런 상대가 있었나요. 의외네요."

"네. 그게 아무래도 신경이 쓰여서— 오늘도 제가 없을 때 그렇게 사이좋게 지낼 걸 생각하면, 조금 싫어져서—."

"그건 자연스러운 일이잖아요. 누구든 자기가 좋아하는 사람을 남에게 빼앗긴다고 생각하면 싫은 기분이 든다고요."

"하지만 렌네는 즐겁게 게임을 하고 있을 뿐인데— 이런 마음을 가지면 안 된다는 것도 알고는 있지만……."

"어머? 무슨 소리인가요? 당신은 원래 그런 사람이잖아요? 이른바 연애 직결충이라 불리는 스타일이니까요."

"에에에에에엑?! 아, 아니거든요! 저는 그런 게……!"

"하지만, 타카시로를 세이세이 학원에 유도한 건 당신이잖아요? 당신을 남성이라고 믿고 있던 타카시로에게 진짜 자신을 알려주고 싶어서 그런 거 아니었나요?"

"그, 그런 마음도 조금은 있었지만— 그래도 순수하게 렌과 좀 더 게임을 하고 싶었달까…… 인생을 즐겁게 살아가고 싶었을 뿐이지, 그런 엉큼한 마음이었던 건—."

"당신이 그렇게 생각하고 있었을 뿐이잖아요? 하지만 실제로 에밀리 씨가 나타나니까 자기가 생각한 것보다 엉큼한 마음이 강했다는 게 드러난 거예요."

"……윽?!"

"그저 즐겁게 게임을 하고 싶었을 뿐이었다면, 타카시로에게 연인이 있든 말든 게임 프렌드로도 즐길 수 있잖아요?"

"……으으으으으, 그럴지도—."

"인정하라고요. 당신은 직결충이에요. 뭔가를 바꾸려면, 먼저 자신을 아는 것이 중요하다고 생각하는데요."

"네, 네에……."

그렇구나— 나, 그랬었구나……. 확실히 객관적으로 보면 그럴지도—?

으으으으— 막상 구체적인 단어에 딱 맞아떨어지니까 엄청 부끄러워……!

"뭐, 일단은 대책을 세우자면, 타카시로와 에밀리 씨가 이상한 일을 벌이지 않도록 손을 써드릴게요."

"그, 그런 게 가능한가요?"

"네, 괜찮아요. 그러니까 안심해도 좋아요."

노조미는 묘하게 자신만만했다.

"고, 고마워요……?"

"하지만, 구체적인 대응은 아니에요. 근본적인 대응은 당신밖에 할 수 없어요."

"제가? 무슨 소리죠?"

"그야 뻔하잖아요. 당신과 타카시로가 사귀면 되는 거라고요. 직결충이면 직결충답게 고백하시죠. 응원할게요."

"에에에에에엑?! 그, 그래도 제 경우에는 가문 같은 게 복잡하니까……! 렌에게 폐를 끼칠 거고—."

"그런 건 상관없어요. 자기 마음을 관철하는 게 제일 중요하다고요. 저는 세이세이 학원에서 그걸 배웠어요. 참는 건 몸에 독이라고요?"

"그, 그래도 실제로 렌이 어떻게 생각할지는 모르니까—!"

"그럼 타카시로가 에밀리 씨와 사귀더라도 괜찮다?"

"그, 그건 싫지만…… 그, 그래도 저는 아직은 지금처럼 지내고 싶었는데……!"

"이미 상황이 그걸 용납하지 않는 거예요. 밀어붙이느냐 물러서느냐, 둘 중 하나라고요. 잘 생각해봐요."

"……."

나는 노조미의 말에 전혀 반론할 수 없었다.

제 5 장 어즈워스 해저 유적군 2

이세계 사마르— 우리의 수상 코티지.

수영복으로 갈아입은 마에다가 마찬가지로 수영복으로 갈아입은 야노 뒤에 타서 판타지판 제트 스키로 주변을 폭주하고 있었다!

"아하하하! 이거 꽤 좋네!"

"히이이이이익?! 우와, 이거 너무 빠르잖아아아아! 스피드 좀 내려 코토미~!"

"아직 멀었어! 더 갈 수 있어! 한계까지 기체 성능을 끌어낼게!"

"안 돼에에에에에에에?! 살려줘어어어어~?!"

엄청난 속도로 물보라를 일으키며 수면을 튀기듯이 질주!

아니, 실제로 기세가 너무 지나쳐서 크게 바운드를 하고 있다.

그러나 마에다의 드라이빙 테크닉으로 공중에서 나선 회전을 하면서도 능숙하게 착수.

다시 폭주를 이어가다가 크게 바운드— 이런 변태 기동을 조금 전부터 계속 되풀이하고 있다.

마에다는 무척 즐거워 보이지만, 어울려주고 있는 야노는 반쯤 울먹이고 있었다.

"우와, 굉장해~! 저 아이, 나갈 수 있는 곳에 나가면 꽤 좋은 성적을 거둘 수 있을 것 같아."

에밀리가 마에다를 보며 감탄했다.

에밀리도 수영복으로 갈아입고 제트 스키로 마에다와 레이스를 벌이고 있었지만, 전혀 따라가지를 못했다.

레이싱 게임은 전문이 아니라고 하니까 어쩔 수 없을지도 모른다.

아무튼 이런 수영복 미소녀들이 노는 광경을 볼 수 있는 테라스에서—.

나는 오로지 검증 작업에 힘쓰고 있었다!

"『엘리멘탈 서클』! 『엘리멘탈 서클』! 『엘리멘탈 서클』! 『엘리멘탈 서클』! 『엘리멘탈 서클』!"

"뀨우~. 빨강파랑초록노랑파랑~."

류가 색상을 보고 가르쳐줬다.

"그래. 고마워, 류. 화빙풍토빙인가."

나는 결과를 『디르의 마탁』의 집계 시트에 메모했다.

심플하지만, 『엘리멘탈 서클』을 연타해서 각 속성의 발동 확률 분포를 조사하는 것이다.

검증 횟수가 적으면 운에 좌우되니까, 적어도 천 번 단위의 데이터를 얻어두고 싶다.

"『엘리멘탈 서클』! 『엘리멘탈 서클』! 『엘리멘탈 서클』! 『엘리멘탈 서클』!『엘리멘탈 서클』!"

"초록하늘색노랑노랑보라~."

"흠…… 풍수토토뇌―."

이런 식으로 천 번까지 가자! 이런 착실한 검증이 중요한 법이다!

일단 수백 번 정도 시행 횟수를 쌓아놨는데, 현재 보이는 경향이 어떠냐면―.

발동하는 속성은 여덟 종류. 화수토풍뇌빙광암이다.

그중 화수토풍뇌빙의 발동률이 높아서 각각 약 15~16퍼센트 정도.

광암 효과는 레어인지, 각각 2~5퍼센트 정도다.

확실히 화수토풍뇌빙 속성은 무기 공격에 아키라의 스카이 폴처럼 속성 공격이 부가되는 것에 반해, 암속성 서클의 경우는 속성 공격 플러스 그 대미지를 HP로 흡수. 게다가 흡수한 HP가 최대치를 넘을 경우에는 HP 최대치 플러스 효과가 발생한다. 광속성의 경우는 그게 MP가 된다.

HP, MP 흡수&상한 부스트 효과가 붙는 만큼 다른 속성보다 상위에 해당하기에 발동률이 낮은 모양이다.

참고로 HP, MP 상한 부스트 효과 시간은 약 3분으로 짧지만, 원래 상한치의 두 배까지 상한을 늘릴 수 있다.

여기 오기 전에 언제나 가던 트리니스티 섬 제1층에서 아일랜드 버니 사부 상대로 확인했으니까!

효과의 세부 사항이나 효과 시간은 이미 확정이다.

지금부터는 장비를 바꾸거나, 쏘는 곳을 바꾸는 등등 세팅 숫자를 계속 추가해서 확률에 변동이 없는지 조사해야겠지.

완전히 랜덤인가, 확률을 변동시키는 인자가 존재하는가. 그런 걸 확인해야 한다.

암서클이나 광서클은 꽤 쓸만하니까— 이게 자주 발동하는 조건이 있다면 꼭 발견하고 싶다.

특히 내 마음에 드는 건 암서클이다.

HP가 상승한다는 건, 즉 내 오의의 위력을 더욱 끌어올릴 수 있다는 걸 의미한다.

암기계 아츠는 HP가 최대치에 비해 적으면 적을수록 대미지가 올라간다.

HP 최대치가 부스트된다면, 그만큼 대미지가 올라가는 것이다.

암기계 아츠를 조합한 오의도 마찬가지다.

로망포의 로망이 더욱 가속된다니, 정말이지 로맨스라니까.

역시 여름이라면 로맨스죠!

"좋았어, 다음! 『엘리멘탈 서클』! 『엘리멘탈 서클』! 『엘리멘탈 서클』! 『엘리멘탈 서클』! 『엘리멘탈 서클』!"

"뀨~. 빨강보라물색빨강초록~."

"화뇌수화풍—이라. 좋아, 다음으로 가자……!"

"그건 대체 뭘 하고 있는 거냐?"

돌아보자 어제 잿날 로봇 격겜에서 만났던 시즈쿠 씨와 나카타 선생님이 있었다.

나카타 선생님이 이 사람을 안내해준 건가?

아무튼, 기왕 이렇게 됐으니 『초급 전이석』을 같이 쓰자는 내 제안을 받아들여 줘서 오늘 이렇게 찾아온 거다.

우리는 여름방학인데, 이 사람은 일 같은 거 괜찮은 건가?

"아, 안녕하세요. 시즈쿠 씨. 새로운 마법의 속성 발생 확률을 검증하고 있었죠. 여러 속성이 발동하는 것 같아서—."

"……속성?"

"아, 그건 말이죠—."

옆에 있던 나카타 선생님이 설명해줬다. 이 사람 정말로 VIP구나.

"흐음……? 사소한 것이지만, 그게 불규칙적으로 나타나는 것을 관찰하고 있다?"

"네, 그렇게 되죠."

"마치 과학이나 뭔가의 실험 같은데— 그게 즐거운 건가? 타카시로여."

"네, 즐거운데요!"

"그런 건가? 게임에서는 화려하게 싸우거나 하는 게 즐겁지 않나?"

"사람마다 다르지 않을까요? 저는 이쪽이 좋아요. 단지,

사전에 이런 걸 하면서 준비해두는 게 더욱 화려하게 활약할 수 있거든요. 그보다 제 경우에는 이렇게 하지 않으면 전혀 도움이 안 되는 직업이라서…….”

“흐으음—?”

“자자, 쟤는 좀 별난 학생이라서요……. 그래도 이런 작업을 괴로워하지 않는 건 연구직이나 분석가에 어울리는 자질이라 할 수 있겠죠. 실제로 분석력이라는 점에서는 모든 학생 중에서도 손에 꼽히는 능력을 가진 아이니까요—.”

“오호, 그렇군……. 뭐, 좋아. 어제 약속대로 이렇게 찾아왔다.”

“네. 그럼 바로 가보기로 할까요! 이봐~ 애들아. 시즈쿠 씨가 왔으니까『어즈워스 해저 유적군』으로 가자!”

나는 제트 스키로 신나게 놀던 일행들에게 말을 걸었다.

“““네~에!”””

이렇게 물놀이와 검증을 접고 수상 코티지를 나가려고 했는데—.

“하지만 기다려라—!”

위에서 불길한 대사가 날아왔다!

이건 혹시, 녀석인가……?!

“앗! 혹시—?!”

나는 목소리가 들린 수상 코티지 지붕 쪽을 바라봤다.

풀 페이스 철가면에, 크림슨 레드의 작은 스카프 머플러.

그것 말고는 수영 팬티 한 장, 가슴팍에는 바라던 바는 아니지만 내가 그려준 장미 페인트.

그런 왕변태가, 팔짱을 끼고 지붕 위에서 우리를 내려다보고 있었다.

아카바네 류타로(3-A)

진실된 모습
레벨 212　소드 댄서　길드 마스터(트루 폼)

나, 나나나나나왔다~~~~! 이세계 사마르에 와도 평소 그대로의 변태 룩이다!

이곳은 학원 외부 사람도, 외국 플레이어들도 있는데 일본 플레이어에게 수치심을 주지 말았으면 좋겠는데.

"으히이이이이이익?! 코토미, 어떻게 좀 해줘어어어어어!"

야노는 마치 자기 집에 바퀴벌레라도 나온 듯이 무서워했다.

야노, 저걸 거북해하더란 말이지.

저것에 대한 리액션이 제일 여자아이다운 건 야노다. 갸루인데.

아니, 갸루고 뭐고 저건 거북해도 어쩔 수 없긴 한가. 변태니까.

"그, 그런 소리를 해도—. 그래도 저기, 요전에 봤던 알맹이를 떠올리면 조금은 내성이……."

알맹이, 꽃미남이었으니까.

꽃미남에다 집도 부자고, 이미 회사 경영도 손대고 있다는 유능한 남자지만…….

유감스럽단 말이지. 하늘은 꽃미남과 유능한 능력과 노출벽을 주고 말았다.

그 세 가지가 퓨전하면 이렇게 된다……. 너무 많이 줘서 실패했네.

"하지만 기다려라! 알맹이 같은 건 없다! 나는 보는 그대로의 사람이다! 그 이상도 그 이하도 아니야!"

그렇게 말하면서 점프하더니, 빙글빙글 회전하며 우리 근처에 착지했다.

"히이이이이익?!"

야노는 바로 뒤로 물러났다.

"와아~! 아하하! 굉장해~. 그림으로 그린 것 같은 변태네! 재미있어!"

에밀리는 꽤 재미있었는지 웃고 있었다.

"선생. 하나 묻고 싶은데, 저건 국회의원 아카바네 류조의 손자인 아카바네 류타로인가?"

"네, 뭐…… 그렇죠오."

"이것 참— 얼간이 그 자체 아닌가. 저런 꼬락서니여서는 아카바네 가의 미래가 어둡겠어."

"그건 제 쪽에서는 노 코멘트로 부탁드려요. 중요한 학원 스폰서이기도 하고요."

시즈쿠 씨와 나카타 선생님이 소곤소곤 대화를 나눴다.

일단은 별로 얽히고 싶지 않지만— 나는 오라버니에게 말을 걸었다.

"저기~. 무슨 용건이시죠?"

"음— 여동생에게서 자네들에게 도움을 주라는 부탁을 받았거든. 인원이 부족하다지?"

어라? 아카바네는 최근의 일은 모를 텐데—?

한동안 게임에서 만나지 못했으니까.

아, 아키라가 말했을지도 모르겠네.

집안일로 여러 파티나 세리머니에 나가는데, 아카바네도 올 거라고 했던 기억이 난다.

상류층의 세계는 잘 모르겠지만, 비슷한 수준의 양갓집 아가씨니까 같은 곳에 얼굴을 내밀어야 하는 거겠지.

하지만— 그렇다고 해서 도우미가 이 왕변태라니…….

성능적인 건 몰라도, 외모 문제나 멤버 간의 상성 문제가—.

나는 나카타 선생님을 힐끔 바라봤다.

나, 마에다, 야노, 에밀리, 시즈쿠 씨까지 다섯 명.

파티는 6인까지니까 나카타 선생님이 도와준다면—.

"아니, 나는 시즈쿠 씨를 안내하러 왔을 뿐이거든? 아무리 그래도 너희의 던전 공략까지 도와주는 건 너무 편들어 주는 거라 불공평하고, 이후에 미팅도 있다고."

"오오오. 선생님도 할 때는 하시네요."

"뭐, 그렇지. 여름 정도는 즐기고 싶지 않아? 가끔은 말이야~."

"그럼 내가 여섯 번째로 들어가도 문제는 없겠지?"

"뭐, 뭐어……."

역시 로망포와 소드 댄서의 상승은 발군이니까.

파티를 구성할 때 한 명은 필요한 게 사실이다.

오라버니를 고용한다면 직업 구성은— 문장술사(로망포 사양), 학자, 공적, 중기사, 격투가, 소드 댄서가 된다.

시즈쿠 씨는 직업이 격투가라고 하니까.

전체적으로는 그럭저럭 괜찮은 밸런스다.

이 구성으로 잡몹 연전을 하면 내가 제일 미묘해지나.

로망포를 때려 박을 정도는 아니고, 그렇다고 해서 지원 능력이 대단한 것도 아니다.

잡몹을 약체화해봤자 결국 잡몹이니까, 이럴 때는 강화계 능력이 더 기쁘고 효율도 좋다.

지금까지라면— 말이지!

지금은 『엘리멘탈 서클』을 활용해야 할 때다—!

지원 대상의 MP까지 소비되는 게 단점이지만, 이세계 사마르라면 갓템인 유카타가 있다!

그런고로 여자들은 유카타를 입고 공격에 힘쓰고, 회복은 남자가 맡는 게 효율이 좋다.

회복 역할은 회복에 신경을 써야 해서 공격을 별로 하지 않으니까.

……뭐, 이 사람도 그럭저럭 니즈에 들어가기는 하네.

"그럼, 부탁합니다."

나는 수긍했다.

"에에에에엑?! 같이 있는 모습을 보이는 건 부끄럽다구!"

야노가 비명을 질렀다.

"후후…… 하지만 기다려라."

아니, 뭘 기다리라는 건지 모르겠지만, 아무튼 오라버니는 니힐하게 웃었다.

이 사람은 이런 반응을 좋아한단 말이지.

변태니까 누가 보면서 기겁하는 게 쾌감인 거다.

"뭐, 뭐어. 야노. 던전에 들어가면 전용 지역이니까 다른 사람은 못 봐."

"음. 거리에서는 조금 떨어져서 그늘에서 따라갈 테니 신경 쓰지 말도록!"

"에에에에엑……."

야노는 여전히 싫은 것 같다.

"하지만 기다려라. 그럼 이건 어떠냐?"

그러더니 소드 댄서의 『배니시 플립』을 발동해서 모습을 감췄다.

"아, 뭐 그거라면— 안 보이니까."

야노가 납득했다.

근데 누가 보는 것을 좋아하는 노출광이 모습을 감추다니, 본말전도 아닌가……?

뭐, 우리는 고맙지만— 무슨 변덕이지?

“좋아. 그럼 정해졌네. 가보자!”

에밀리가 내 팔을 잡고 걸어가려 했다.

“체스토오오오오~!”

느닷없이 누가 부딪치는 바람에 나는 그 자리에서 넘어졌다.

“아야얏…… 뭐야—?”

“하지만 기다려라. 미안하군, 신작 스텝을 시험하던 중에 격돌하고 말았다. 꽤 어려운 움직임이라서.”

아니, 이 사람은 모습을 감추자마자 대체 뭐 하는 거야—.

◆◇◆

자, 그럼. 우리는『어즈워스 해저 유적군』에 도착했다.

지금부터 던전 탐색을 가야 하는데, 오늘도 던전은 북적거리네.

아직『레인보우 가드』를 획득한 플레이어는 아무도 없다.

어째서 아느냐면, 안에서 입수할 수 있는 교환용 아이템 교환 카운터에는 종이가 붙어있고, 남은 재고수가 적혀있기 때문이다.

남은 개수 10개의 재고가 어제부터 변하지 않고 있다.

뭐, 하루 다섯 번밖에 돌입할 수 없다는 제한이 있으니까 그렇게 초속으로 던전 최하층까지 도달할 수는 없겠지.

난이도 설정으로는 여름방학 후반이 되어야 『레인보우 가드』 교환 아이템인 『은하의 무지개』가 출토되지 않을까 싶은데―.

아직 여름방학은 막 시작된 참이다. 올여름은 『레인보우 가드』에 바치겠어!

"시즈쿠 씨. 지금부터 가는 곳은 층별로 구조와 앞으로 나가기 위한 조건이 바뀌는 던전이에요. 조건은 예를 들어 그 층의 몬스터를 전멸시키라든가, 이것저것 있어요. 도중에 세이브 포인트가 있고, 거기서 세이브하면 다음에는 거기서 시작할 수 있으니까, 매번 다음 세이브 포인트를 향해 앞으로 나가는 거죠."

"그렇군―. 앞이 보이지 않는 모험이라는 건가. 재미있어 보이지 않나."

"시즈쿠 씨는 이 게임 자체가 익숙하지 않으신 것 같으니까, 적당히 적과 싸우면서 익숙해지시면 돼요. 저희를 따라오시면 되니까요."

"알겠다. 로마에 가면 로마 법을 따라야지."

"우리도 사실 처음이니까, 타카시로하고 에밀링 안내 잘 부탁해."

"맡겨둬! 위기에 빠지면 나한테로 도망치면 돼! 내가 팍팍 공격 대상이 되어줄 테니까!"

"아, 그러면 마에다와 야노와 시즈쿠 씨는 코티지에서 가져온 유카타 장비로 부탁합니다."

여자용 유카타로 MP 자동 회복이 되는 상태라면, 『엘리멘탈 서클』의 효과를 받는 플레이어까지 MP를 소비해버리는 게 완화되고, 순수한 공격력 향상을 바랄 수 있다.

단, 유카타의 방어력은 1밖에 안 되니까 이번에 메인 탱커를 맡아주는 에밀리가 장비하는 건 역시 위험하다.

반대로 다른 멤버는 에밀리라는 확실한 탱커가 있으니까 유카타 장비라도 적의 공격 목표가 되지 않으면 문제없다.

뭐랄까, 처음으로 지원계 후위 직업으로 활약할 수 있을 것 같다!

이세계 사마르 한정 장비인 유카타의 힘을 빌린 매직이니까 원래 세계로 돌아가면 아군의 MP를 드득드득 깎아버리는 디메리트가 첨부된 취미용 마법이 되지만.

올여름, 이 이세계 사마르에서밖에 체감할 수 없는 지원 직업으로서의 광채! 한여름의 추억으로 만끽하도록 하자!

『엘리멘탈 서클』의 성능에 관한 건 설명했기에, 일행들은 바로 유카타로 갈아입었다.

시즈쿠 씨는 시스템 메뉴를 쓰는 게 아직 엉성한지라 에밀리가 설명해줘서 갈아입었다.

"좋겠다아. 나도 유카타 입고 싸우고 싶어."

"아니, 아무리 그래도 에밀리가 입는 건 위험하잖아. 공격을 받아내야 하니까."

"에엑~? 렌은 내 유카타 보고 싶지 않아?"

"아니, 아까 봤는데—."

수상 코티지를 나가기 전에 좋아하며 입는 걸 봤다.

뭐, 확실히 귀여웠지만— 외국인 여자아이의 유카타 차림도 좋은 법이다.

"어흠! 하지만 기다려라. 그럼 빨리 돌입하도록 하지. 슬슬 모습이 드러날 거다."

"……저기~. 안에서 유카타 입으셔도 되는데요?"

유카타의 방어력은 1이지만, 알몸보다는 1이 높으니까.

"훗…… 마음만 받도록 하마."

즉, 입을 생각은 없다는 거로군—.

"그럼 갑니다. 갑자기 『초급 전이석』을 쓰는 건 아까우니까 먼저 평범한 『전이석』으로!"

나는 애니 목소리 사자 머리 입에 『전이석』을 넣었다!

"고마워♪ 그럼 시작할까? 최신 기록은 B6F부터야!"

"그럼 거기부터!"

"네~에. 그럼 좋은 던전 라이프를! 손님 안내합니다~♪"

눈앞이 꾸물텅 일그러지기 시작했다.

자, B6F부터인가. 어떤 지령이 나올까—.

우리가 B6F로 전이하자, 바로 시스템 메시지가!

딩동.

게이트 개방 조건. 거대화 몬스터를 쓰러뜨려라!

"거대화 몬스터?"

"처음 보는 조건이네."

나와 에밀리는 얼굴을 마주 봤다.

어제는 개막 직후에 몬스터 하우스, 이후에는 플로어 몬스터 섬멸뿐이었다.

"하지만 기다려라. 아마 일반적인 것보다 사이즈가 큰 몬스터가 이 층에 있을 거다. 그걸 쓰러뜨리면 되는 거겠지."

"그렇겠죠—."

우리가 지금 있는 곳에서도 적이 몇 마리 보였는데, 다들 일반 사이즈였다.

그럼 다른 곳으로 찾으러 갈까—.

"좋아, 그럼 이쪽이야!"

나와 에밀리가 선두에 서서 전이한 세이브 포인트 방을 나왔다.

통로를 나아가서 다른 방으로.

그리고—.

"아~ 그렇구나……."

"아하하하! 뻔히 보이네!"

우리가 찾아낸 게 뭐냐면, 커다란 보물상자다.

일반 사이즈의 열 배 정도는 되어서 올려다볼 정도로 크다.
그리고 이 플로어의 게이트 개방 조건은 『거대화 몬스터를 쓰러뜨려라!』다.
즉, 이건 거대화한 미믹인 거지— 에밀리의 말대로 뻔히 보였다.
"뭐, 바로 해치우자!"
에밀리가 보물상자로 다가가서 손으로 만졌다.

큐이이이이이이!

거대 미믹은 기다렸다는 듯이 뛰쳐나왔지만, 들키지 않았다고 생각하는 건 너밖에 없어!
움직인 미믹에게 에밀리가 『이름 외치기』를 발동해서 공격 목표가 되었다.
좋아, 우리도 공격에 나서자!
나는 『엘리멘탈 서클』의 영창을 시작했다—!
"『엘리멘탈 서클』!"
이번에도 타깃은 류로 설정.
류를 타깃으로 해두면 서클이 이동할 수 있으니까.
"뀨~ 초록~!"
류가 이번에도 『엘리멘탈 서클』의 색상을 가르쳐줬다.
내가 수상 코티지에서 이걸 검증하던 때도 색상을 입으로 가르쳐주던 버릇이 남은 모양이다.

그래그래, 장하다 장해. 내가 한 말을 아직도 지켜주고 있구나.

류의 말대로 이번 서클 색은 초록색. 풍속성인가. 뭐, 이거라면 반대로 미믹이 회복되는 일은 없겠지.

바람 정령계 같은 녀석이라면 회복될 것 같지만.

"류! 나를 따라와!"

나는 류를 데리고 거대 미믹 쪽으로 갔다.

녀석은 에밀리를 보고 있기에 측면으로 돌아갔다.

에밀리를 서클에 닿게 하지 않기 위한 위치 조정이다.

"마에다, 야노, 시즈쿠 씨! 이리로 와서 서클 위에 올라가서 공격!"

부르면서 나도 지팡이 상태인 지팡이칼을 휘둘렀다.

DEX(재주)를 완전히 버린 내 공격은 엉성하지만, 추가되는 풍속성 마법 대미지만큼은 들어간다.

지팡이에서 아키라의 스카이 폴 같은 충격파가 나왔다.

"오~! 이거 좋네!"

야노가 펼치는 총검의 찌르기로도 충격파가 나간다.

찌르기, 들어 올려서 총신으로 구타, 그리고 추가로 중단차기.

야노는 최근 MEP로 습득의 증표 〈발차기〉를 얻어서 근접전 능력을 강화했다.

유키노 선배의 전투 스타일이 이도류 플러스 발차기인데, 그것이 꽤 마음에 든 모양이었다.

여름방학 직전 시험에서 노력해서 아슬아슬하게 얻고 기뻐했다.

유카타로 발차기를 날리면 옷자락이 크게 트여서 맨발이 보이니까 꽤 섹시한 느낌이로군요.

휙휙 펼치는 공격에 모두 충격파가 실리니까, 미믹의 HP가 팍팍 깎여나갔다.

거대화해서 HP가 몇 배로 늘어난 것 같긴 하지만— 보아하니 문제없겠다.

“직접 공격하다니, 신선하네.”

마에다가 그렇게 말하며 지팡이를 휘둘렀다.

마에다의 경우에는 공격마법을 쓸 수 있으니까 평범하게 유카타를 입고 마법을 쏘기만 해도 MP가 거의 줄지 않고 공격할 수 있다.

그렇게 생각하면 굉장한 건 『엘리멘탈 서클』이 아니라 유카타라는 이야기가 되겠지— 『엘리멘탈 서클』과는 상관없이, 마에다는 항상 유카타를 입고 있으면 쓸 수 있는 MP량이 늘어나니까. 쓸 수 있는 MP가 늘어나면 뽑을 수 있는 대미지량도 많아지고 회복할 수 있는 HP량도 많아진다.

유카타 진짜 굉장해. 겉모습도 성능도 최고!

“흐음흐음—? 오호라, 이런 움직임이 되는 건가—! 내가 생각한 것하고는 조금 다른 움직임이 되는 모양이군……!”

상태를 확인하려는지, 시즈쿠 씨가 미믹에 공격을 가했다.

주먹으로 퍽퍽 두들기는 한 방 한 방에도 충격파가 펑펑 발사된다.

발차기, 관절기, 몸통박치기 등도 마찬가지. 관절기는 던지기 계통이다.

미믹의 어디에 관절기를 먹이는 건가 싶었는데, 상자 뚜껑에 달려들어서 뚜둑 해버리니까 디버프 효과가 제대로 나왔다.

아니— 으응? 저거 격투 모션을 전부 쓰는 건가?!

시즈쿠 씨의 격투가는 유파 선택이라는 걸로 주먹질, 발차기, 던지기, 몸통박치기의 네 가지 격투 모션계 중 두 가지를 디폴트로 쓸 수 있는 사양이다.

그렇다. 디폴트로는 두 개다.

남은 두 가지를 탤런트로 쓸 수 있게 한 건가? 격투 마스터 같은 세팅이로군요.

“하~~~~앗!”

게다가 시즈쿠 씨, 손에서 에너지파를 쏴대고 있다.

아, 맞다. 직업이 격투가고 격투 모션을 전부 세팅하면 보는 대로 기공파가 나간다.

겉보기로는 완전히 드래○ 볼에 나오는 그것에 가까운지라, 그야말로 대인기인 게 아닌가 생각하겠지만 그렇지는 않다.

왜냐하면, 그냥 약하기 때문이다.

에너지파는 다시 말해 원거리 공격인데, 그 위력은 총이나 활보다 꽤 낮다.

그야 총이나 활은 한 발마다 화살과 탄환을 소비하니까, 무소비인 에너지파가 그걸 웃돌게 되면 게임적으로 곤란하겠지.

그래서 위력은 꽤 낮게 설정됐고— 격투가에게는 스샷용으로 쓰기 좋은 연회용 기술의 영역을 벗어나지 않는다.

기공파를 노리고 탤런트를 두 개나 써서 남은 두 격투 모션을 세팅할 바에는, 탤런트칸 하나로 총이나 활을 장비하는 게 좋으니까.

그런고로 격투가 자체는 결코 구린 직업이라고 할 수 없지만, 에너지파는 사장된 스킬이다. 유감이지만.

"흐음……?! 이건—?! 하하하! 재미있군!"

그래도 에너지파를 푸슝푸슝 날리는 시즈쿠 씨는 즐거워 보여서, 아무 말도 할 수 없었다.

그나저나 에너지파는 원거리 공격이라서 그런지 『엘리멘탈 서클』의 효과가 적용되지 않는 것 같다.

으~음, 미묘해! 분명 평범하게 때리는 게 더 세겠지.

"와오! 위력은 몰라도 애니에 나오는 그것 같아서 멋있네!"

"응응. 보기에도 화려하고!"

"그러게!"

일행들도 좋아하고 있었다.

"흐으음…… 그런 건가?"

그러나 시즈쿠 씨는 확 와닿지 않는 것 같았다.

어라, 드래○ 볼 같은 걸 모르시나……?

뭐, 우리 아버지 세대 이야기이기는 하지만— 세대가 다른가?

우리보다 훨씬 아래? 아니면 아버지 세대보다 위? 아니면 애니나 게임은 흥미 없는 파?

뭐, 어느 쪽이든 상관없지만— 조금 의외네.

뭐, 아무튼 잠시 뒤 거대 미믹은 격침됐다.

HP가 몇 배가 되었고 공격력이나 방어력도 두세 배 늘어난 정도로는 강해졌지만—.

뭐, 모두 함께 싸우면 그렇게까지 문제가 되는 상대는 아니었다.

은근슬쩍 『엘리멘탈 서클』도 도움이 되어서 다행이다.

지원 역할로서 파티 멤버의 도움이 되는 건 처음이라서 신선하다!

국지전에서는 로망포, 잡몹 연전에서는 도움이 안 되는 게 정해진 일이었으니까.

"좋아, 이제 다음으로 갈 수 있겠어! 자, 다음으로 가자. 다음!"

우리는 서둘러 B7F로 가는 게이트로 향했다.

◆◇◆

그로부터 B7F, B8F, B9F는 딱히 문제없이 클리어!

그리고 B10F. 이전과 비슷하다면, 여기를 클리어하면 세이브인가?

5층마다 세이브 포인트가 있다는 가설이다.

그리고 이 B10F는 지금까지의 계층과는 조금 양상이 달랐다.

플로어의 재질은 지금까지와 같이 돌 같은 것이지만, 이번에는 전체가 원기둥형의 거대한 방이었다.

우리가 있는 곳을 벽이 빙 두르고 있고, 그 상부에 무인의 관객석이 무수하게 늘어서 있다.

유키노 선배의 투기장— 같은 느낌이다. 단, 사람이 없고 활기도 전혀 없어서 묘하게 쓸쓸한 분위기가 감싸고 있었다.

딩동~.

게이트 개방 조건. 보스 몬스터를 쓰러뜨려라!

오오?! 이건 들어본 적 없는 지령인데……!

그리고, 우리 정면— 안쪽 벽에 있는 철창이 무거운 소리를 내며 열렸다.

안에서는 상당히 거대한, 그야말로 보스 몬스터의 실루엣

이 보였다.

끼릭끼릭끼릭— 뭔가 금속이 삐걱대는 소리가 크게 들린다.

그 모습이 또렷하게 드러나자, 무슨 소리인지 알 수 있었다.

몬스터의 하반신으로 변한, 가시 돋친 흉흉한 전차 바퀴다. 그게 돌면서 삐걱대는 소리를 내고 있었다.

데스 채리엇　레벨 105　왕관 아이콘(레어 몬스터)

간단히 말해서, 상반신은 검은 로브에 호러 영화 스○림 같은 유령 페이스.

그게 거대한 낫을 들고 있는데, 팔과 팔은 가시 달린 체인으로 이어져 있었다.

로브에는 뭔가 저주 같은 혈문자가 그려져 있고, 게다가 주변에는 원령이 돌아다니는 듯한 무시무시한 이펙트가 나왔다.

그리고 하반신이 금속으로 된 뾰족뾰족 스파이크가 달린 차다.

로브 옷자락 밑에는 바퀴와 차체를 끄는 목이 긴 용 머리가 두 개 보인다.

용의 입에는 불꽃이 넘실대서 그야말로 불을 뿜을 것 같다.

이 녀석 꽤 굉장한 외모를 가지고 있네.

검은 로브로 가려져서 보이지 않지만, 상반신과 하반신의 접합 부분은 어떻게 되어있을까?

실은 안에 세○웨이 같은 걸 타고 있는 스타일이라면 웃기겠는데.

꼭 로브 안을 들여다보고 싶지만— 뭐, 해봤자 새까맣게 되어서 아무것도 보이지 않겠지.

"꽤 록한 느낌의 보스네! 마음에 들었어!"

에밀리가 눈을 반짝였다.

응응, 에밀리는 옛날부터 조금 괴이한 것들을 좋아하는 취미가 있었지.

제이○ 같은 게 주역인 액션 게임을 좋아했었다.

"록……이라고 하기에는 좀 혐오스러운데, 나는 거북해~."

"그러게— 기왕이면 귀여운 게 좋아."

야노와 마에다는 여자아이다운 반응이었다. 뭐, 그렇겠지.

"하지만 기다려라— 중요한 건 외모가 아니라 알맹이지. 두려워할 것 없어."

뭔가 지당한 말을 하는 사람이 있는데— 대체 어느 입으로 말하는 걸까?

이 사람의 외모는 알맹이의 인격을 의심할 레벨이고, 외모 시점부터 무시무시한지라 전혀 설득력이 없었다.

누가 좀 지적해줘! 나는 싫어! 건드리고 싶지 않으니까!

"그런 외모로 그런 말을 해봤자 설득력이 전혀 없는데— 지금의 자네의 모습을 아카바네 류조가 본다면 울 거다. 류타로여."

진심으로 어이없다는 표정을 한 시즈쿠 씨가 지적했다.

"훗…… 하지만 기다리시지요! 부디 비밀로 해주시길! 이건 어디까지나 게임 속의 이야기일 뿐, 현실의 모습과는 동떨어진, 그저 여흥입니다! 부디 비밀로 해주시길!"

이 사람도 조금 초조해하고 있나?

부모님하고 현실에서 알고 지내는 사이라고 생각해서 위험하다고 느낀 건가?

저러고 있으면 늦든 빠르든 언젠가 들킬 텐데— 과연 어떨까?

"시즈쿠 씨. 아카바네 류조라는 사람이 누군가요?"

"저자의 조부지. 국회의원을 하고 있다."

"……뭐, 보게 되면 울더라도 이상하지 않겠네요."

"그래, 정말이라니까."

나와 시즈쿠 씨는 서로 고개를 끄덕였다.

"얘들아! 저 녀석, 이리로 오고 있어!"

끼릭끼릭끼릭—!

녀석이 바퀴를 삐걱대며 돌진해오자, 에밀리는 『이름 외치기』를 꽂아 넣어서 공격 목표가 되었다!

역시 에밀리는 반응이 빠르네.

"좋아, 야노와 시즈쿠 씨는 아까 미믹 때와 같은 식으로!

이번에 마에다는 후방에서 서포트를 부탁해!"

"오케이라구!"

"좋다—!"

"알았어!"

뭐, 오라버니에게는 딱히 할 말이 없다.

이 사람은 보스든 잡몹이든 하는 일이 똑같으니까—.

뭘 하느냐면, 뭐 소드 댄서라서 회복을 담당하는데…….

본인은 옛날에 자신이 골수 자유주의자에 채식주의자라 살생을 즐기지 않는다고 했었는데, 그걸 정말로 관철하고 있어서 적을 전혀 공격하지 않는다.

소드 댄서의 소드 부분을 완전히 버렸지만, 본인이 괜찮다고 한다면 괜찮겠지.

회복마법을 『습득의 증표 〈회복마법〉』 탤런트로 쓸 수 있게 해서, 댄스와 마법을 양쪽 모두 사용하며 회복할 수 있다.

그리고 탤런트 『택티컬 매직』으로 MP를 소비하면 AP를 쌓을 수 있게 하면서, 『택티컬 아츠』로 반대로 AP를 소비하면 MP를 쌓을 수 있게 했다.

게다가 『투신의 숨결』로 AP가 자연 회복, 『마신의 숨결』로 MP가 자연 회복.

마지막으로 손에 들고 있는 팬시한 마법소녀 스틱 같은 물건은, 공격력은 하나도 없지만 들고 있기만 해도 『택티컬 매직』 및 『택티컬 아츠』의 변환 효율을 올려준다. 뭐, 때리더라도 소드 댄서는 지팡이 적성이 없어서 약해빠졌겠지만.

즉, 탤런트칸은 『습득의 증표 〈회복마법〉』, 『택티컬 매직』, 『택티컬 아츠』, 『투신의 숨결』, 『마신의 숨결』이다.

이건 즉, 회복 초특화다.

어디를 가더라도 하는 일은 알맞게 회복을 날리는 것뿐.

그래서 지시도 필요 없는 것이다.

그걸 이용해서, 우리의 시야에 들어오는 곳에서 이상한 포즈를 잡고 마법을 영창하거나, 의미도 없이 적 주변에서 댄스를 추기 시작해서 짜증이 나지만, 그것 말고는 회복 행동만 하는 NPC인지라 귀찮지 않다고 할 수도 있다.

"하지만 기다려라! 마물이여, 나의 춤을 그 눈에 새기도록!"

그 말과 함께 에밀리 뒤쪽, 데스 채리엇이 보이는 곳에 진을 치고 이상한 포즈를 잡았다.

으~음. 혐오스럽지만 회복은 정확하게 날려주니까 내버려두자.

자, 데스 채리엇을 쓰러뜨려야지! 공격 개시다!

데스 채리엇의 공격. 에밀리는 가드. 39의 대미지.

드래곤 헤드의 공격. 에밀리는 공격을 가드했다!

드래곤 헤드의 공격. 에밀리는 공격을 가드했다!

데스 채리엇 본체의 낫 공격에, 검은 로브 옷자락에서 고개를 내민 드래곤 헤드 두 마리의 공격.

가드를 굳힌 에밀리는 중기사답게 역시 단단했다!

본체의 공격도 그리 효과는 없고, 드래곤 헤드의 공격은 가드해서 노 대미지로 만들었다.

중기사는 물리 공격에는 무척 강하단 말이지.

이거 믿음직한데. 역시 순정 탱커 직업이다.

"좋았어, 이쪽도! 『엘리멘탈 서클』!"

"뀨~ 파랑~!"

빙속성이다. 뭐, 좋지는 않지만 나쁘지도 않다.

암속성 같은 게 나오면 회복할 수도 있으나, 무난한 이것도 좋다.

엘리멘탈 서클의 범위에 나와 야노와 시즈쿠 씨를 넣고, 데스 채리엇에게 공격 개시.

빙속성 서클의 추가 효과인 얼음탄은 데스 채리엇에게 확실한 대미지를 가했다.

에밀리가 적의 공격 목표가 변하지 않도록 어그로를 확실하게 잡아두고 있으니까 우리는 마구마구 공격하기만 하면 된다.

"오의 『하이드 라이징 블래스트』!"

야노가 바로 오의 발동!

높이 뛰어올라 데스 채리엇에 날아차기를 먹이고, 그 반동을 이용해서 후방으로 공중제비.

그대로 공중에서 총을 2연사하며 착지했다.

게다가 발차기를 날릴 때부터 야노의 몸은 반투명한 이펙트에 감싸여 있었다.

이건 『스킬 체인』으로 구성된 오의로, 효과 중에는 어그로가 늘어나지 않는 『스텔스 샷』을 조합했기 때문이다.

발차기의 움직임은 발차기 아츠 『뇌신섬(雷迅閃)』, 총 연사는 총 아츠 『더블 블래스트』다.

유우나의 하이드 라이징 블래스트가 발동. 데스 채리엇에 1113의 대미지!

좋아, 그럭저럭 대미지가 나오네.

게다가 『스텔스 샷』을 끼워 넣어서 괜히 에밀리에게서 어그로를 빼앗지 않고 대미지를 줄 수 있다.

초반부터 느닷없이 오의를 쓰면 어그로가 넘쳐서, 탱커에게서 주 공격대상을 빼앗을 수도 있으니까.

그러지 않기 위한 안전책이라 할 수 있다.

외모는 갸루인데도 의외로 분위기를 읽는 야노다운 모습이라 할 수 있다.

플레이 스타일에 성격이 조금 드러난다.

으~음. 나도 오의를 날려서 로망포의 위력을 과시하고 싶지만, 지금 섣불리 쐈다간 분명 보스의 공격 목표가 나로 바뀌겠지―.

획득하는 어그로가 너무 막대해서 좀 그렇다니까.

뭐, 야노가 『길티 스틸』을 해주면 되지만, 그건 그것대로 야노가 공격 목표가 될 뿐이라서 모처럼 있는 에밀리의 탱커 능력을 활용할 수가 없다.

오라버니가 『검의 춤』을 써준다면 거기서 한 방을 더 쏠 수 있지만…….

그걸로 적이 격침되지 않으면 어그로가 엉망진창이 되어버리니까 이제 에밀리에게는 타깃이 돌아가지 않게 된다.

아키라와 아카바네의 더블 소드 댄서 시프트라면 『검의 춤』의 숫자가 더 늘어나니까 오의 남발로 단숨에 격침시킬 수도 있었겠지만―.

뭐, 앞으로 한 방 혹은 두 방의 오의로 쓰러뜨릴 수 있을 때까지 나는 『엘리멘탈 서클』 역할에 전념하는 게 안전할지도. 조금 한가하지만―.

보스전인데 한가하다니 대체 어떻게 된 건가 싶지만, 이래봬도 예전보다는 낫다! 『엘리멘탈 서클』은 자신에게도 추가 효과가 있어서 깨작깨작 깎을 수 있으니까.

“좋아― 그럼 이쪽도! 오의 『승룡삼화섬(昇龍三華閃)』!”

그때, 시즈쿠 씨가 오의를 발동했다.

초단은 어퍼 펀치, 그 후에는 서머 솔트를 3연타!

엄청나게 아크로바틱한 오의다. 격투가의 움직임은 격렬

하니까—!

시즈쿠의 승룡삼화섬이 발동. 데스 채리엇에 1544의 대미지!

좋은 느낌으로 밀어붙이고 있다! 다들 힘내! 나는 자중하고 있지만!

바로 그때—.

드래곤 헤드는 파이어 브레스의 자세를 잡았다!

드래곤 헤드는 파이어 브레스의 자세를 잡았다!

드래곤 헤드가 동시에 불꽃 브레스를 뿜어냈다!

중기사는 물리 공격에는 무척 강하지만 마법 공격계에는 약하다.

HP 바가 단숨에 쭈욱 줄어들었다.

드래곤 헤드의 파이어 브레스가 발동. 에밀리에 625의 대미지!

드래곤 헤드의 파이어 브레스가 발동. 에밀리에 611의 대미지!

드래곤 헤드의 파이어 브레스가 발동. 류타로에 425의 대미지!

드래곤 헤드의 파이어 브레스가 발동. 류타로에 408의 대

미지!

……아니, 뒤에서 이상한 춤을 추고 있던 이상한 녀석이 말려들었잖아!

"꺄아앗?! 으…… 꽤 아프네!"

"하지만 기다려라! 아무 문제도 없다. 회복시킬 테니까!"

오라버니는 즉시 댄스와 회복마법으로 회복했다.

마에다도 도와줘서 두 사람의 HP가 바로 리커버리됐다.

……오라버니는 아무 말 없이 에밀리의 뒤에서 조금 틀어진 위치로 이동했다. 다소는 반성하고 있는 것 같다.

그런 식으로 회복은 가능했지만— 이번에는 데스 채리엇이 시즈쿠 씨 쪽을 바라봤다.

적에게서 공격을 받아 HP가 줄어들면, 그만큼 적의 어그로가 줄어든다.

지금 에밀리가 큰 대미지를 받아서 가지고 있던 어그로가 줄어들어 시즈쿠 씨가 최고 어그로 대상이 된 것이다. 야노는 『스텔스 샷』을 오의에 넣어서 어그로 상승을 억누르고 있었으니까.

"음……?!"

데스 채리엇의 공격. 시즈쿠는 가드. 207의 대미지.

드래곤 헤드의 공격. 시즈쿠는 가드. 115의 대미지.

드래곤 헤드의 공격. 시즈쿠는 가드. 107의 대미지.

유카타는 방어력이 낮아서 가드해도 대미지는 상당했다.

조금 위험한가—?

“괜찮아, 맡겨둬!”

에밀리가 『이름 외치기』를 발동.

그러나 그럼에도 데스 채리엇은 에밀리를 보지 않았다.

“오의 『붉은 재앙(레드 디재스터)』!”

콰아아아아아아아아아아앙!

발밑에 꽂은 창에서 방사형으로 새빨간 불기둥이 치솟았다.

에밀리의 붉은 재앙이 발동.

데스 채리엇에 1577의 대미지!

붉은 재앙의 대미지 어그로가 올라가자, 이번에야말로 데스 채리엇이 에밀리를 돌아봤다.

공격 목표를 빼앗았다는 뜻이다.

여차할 때 어그로를 가져가기 위해 붉은 재앙을 즉시 쓰지 않고 아끼고 있었구나.

뭐, 역시 에밀리는 플레이어 스킬이 높다. 안심하고 볼 수 있다.

그리고 계속 전투가 이어져서, 데스 채리엇의 HP도 앞으로 3~4할 정도 남았을 때.

거기서 흐르는 시스템 메시지가!

돌입으로부터 28분이 경과했습니다. 앞으로 120초 후 강제 배출됩니다.

아, 큰일 났다. 시간 초과가 가깝나?!

“큰일이야—! 쓰러뜨리지 못할 상대는 아니지만, 시간이……!”

에밀리의 얼굴에 초조함이 떠올랐다.

확실히 이대로 가면 쓰러뜨리기 전에 타임 오버를 맞이할 듯했다.

“끄응— 모처럼 좋은 흐름이었건만……!”

시즈쿠 씨도 에밀리와 마찬가지였다.

그러나 나와 마에다와 야노는 그렇게 초조하지 않았다.

쓸 수 있는 방법이 있다는 걸 알고 있으니까.

순간 딜의 귀신! 이른바 하나의 로망포!

“타카시로! 남은 거 다 깎아버려!”

“맡길게, 타카시로!”

"오케이! 겨우 내 시대가 찾아온 모양이군!"

나는 바로 대규모 『디스트라 서클』을 발동.

남은 MP를 조절하면서 버렸다.

"오의를 쓸 테니까 『검의 춤』 부탁합니다!"

오라버니에게 사전에 알렸다.

오라버니는 아키라가 아니니까, 일단 말해두는 게 안심된다.

그나저나 역시 소드 댄서는 아키라가 좋단 말이지.

뭐라 말하지 않아도 맞춰주고, 귀엽고, 흠잡을 데가 없으니까.

저쪽 오라버니는 뭘 하든 불안하고, 왕변태니까 말을 걸 기회도 드물고, 흠잡을 데밖에 없다.

빨리 아키라가 돌아와 줬으면 좋겠다.

나도 참 어리광을 부리게 되었네. 이 학교에 들어올 때는 남자끼리의 후덥지근하면서도 즐거운 게임을 하려고 했었는데, 지금은 그 초미소녀가 옆에서 싱글벙글 웃어주지 않으면 뭔가 부족함을 느끼게 되었다.

미소녀 소드 댄서의 존재는 마약이로군요. 익숙해지면 돌아올 수 없게 된달까—.

그런 나의 내심을 아는지 모르는지, 오라버니는 쓸데없이 팔짱을 끼고 멋진 포즈를 잡았다.

"음! 자네와 내 여동생의 연계도 봤으니까! 맡겨두게나!"

아무래도 좋지만, 포즈 없이 평범하게 대답해줄 수 없을까? 골치가 아파진다.

하지만 뭐— 시간도 아까우니까 할 일은 하자!

"그럼 갑니다! 『파이널 스트라이크』!"

『파이널 스트라이크』를 미리 발동.

그리고, 허리를 낮추고 반신을 틀어서 『발도술』 자세를 잡았다.

내 몸이 새빨간 불꽃의 새— 주작에 휩싸였다.

『턴 오버』, 『폭염 태클』, 『발도술』의 조합!

"오의! 『주작일섬』!"

나는 불꽃에 휩싸인 채 데스 채리엇을 향해 고속 돌진!

그리고, 기세를 그대로 실어 대시 베기!

오오오오오~~~!

클린 히트하자 데스 채리엇이 비명을 질렀다.

나는 고속으로 베고 지나가서 데스 채리엇의 반대쪽으로 이동하며 멈췄다.

렌의 주작일섬이 발동! 데스 채리엇에 5866의 대미지!

음! 오늘도 좋은 대미지다!

당연하지만 내가 쥔 다마스쿠스제 『지팡이칼』은 반짝반짝

입자가 되어 소멸했다.

음! 오늘도 잘 가거라, 돈!

그러나 데스 채리엇은 아직 격침되지 않았다. 내게 돌진해 온다.

느닷없이 극딜을 가한 탓이다.

내 어그로량은 에밀리를 가볍게 추월하고 있었다.

이건 에밀리가 노력해서 공격 목표를 되찾을 수 있는 범위를 넘어섰다.

게다가 내 HP는 오의 후라서 여느 때처럼 빈사 상태. 한 방이라도 맞으면 즉사다.

"렌 위험해! 그쪽을 보고 있어!"

에밀리가 경고하는 것도 자연스러운 일이다.

그러나 괜찮다.

"얍!『길티 스틸』!"

야노가 내 어그로를 전부 가져갔다.

그리고 나를 보던 데스 채리엇의 공격 목표는 그대로 야노에게 옮겨갔다.

야노는 장비를 방패로 바꿔서 완전 가드 태세.

에밀리의 중기사 정도는 아니지만, 방패로 가드를 굳히면 그리 간단히 격침되지 않는다.

"앗……?! 그렇구나, 유우나 나이스!"

에밀리가 손뼉을 쳤다.

그리고 오라버니가 『검의 춤』 모션과는 상관없는 이상한 춤을 추기 시작했다.

뭐야 저게— 남자 소드 댄서라면 모션이 다른가?

"자— 내 축복을 받거라! 하늘이여 땅이여 불이여 물이여 저자에게 위대한 축복을 내리소서……!"

아니아니 뭐라 말하고 있는데 효과 발동이 안 되고 있잖아!

즉, 저건 스킬하고는 상관없는, 그냥 취미로 추는 춤인 거 아냐?

"아니, 그 움직임은 상관없잖아요?! 빨리 좀 해줄래요?!"

나는 『지팡이칼』을 재합성하면서 외쳤다.

왜냐하면 시간이 없으니까! 이쪽은 서두르고 있다고!

"그럼 『검의 춤』!"

역시 『검의 춤』 모션은 남녀가 별로 다르지 않잖아!

뭐, 아무튼 내 스킬은 모두 재사용 가능해졌다.

"『파이널 스트라이크』!"

한 방 더 간다!

나는 다시 불꽃의 새에 휩싸여서 데스 채리엇에게 고속 대시에 이은 일섬을 먹였다.

"오의! 『주작일섬』~~~!"

렌의 주작일섬이 발동! 데스 채리엇에 5866의 대미지!

렌은 데스 채리엇을 쓰러뜨렸다.

오오오오…… 오오오오오~~~!

데스 채리엇의 몸이 너덜너덜하게 무너졌다.

좋았어, 해냈다!

데스 채리엇은 암흑 빙의의 자세—.

으응?! 뭐지? 쓰러뜨렸다는 로그는 나왔는데, 아직도 움직인다고?!

이건 그건가, 파이널 어택 같은 건가?!

죽을 때 뭔가 심술을 부리고 떠나가는 그거다.

대체 뭐가—?!

우리가 경계하는 가운데, 데스 채리엇의 몸이 작고 검은 빛이 되었고—.

그 빛은 오라버니를 향해 가서 흡수되었다.

다음 순간, 오라버니의 전신이 검은 빛에 확 휩싸였다.

그리고 그것도 사라지자, 이후에 남은 것은—.

"……음?!"

데스 채리엇이 두르고 있던, 피로 물든 로브를 입은 오라버니였다!

"오오—!"

나는 기뻐했다. 알몸보다는 이쪽이 그나마 나아 보이니까.

"어라? 저건 그 녀석이 입고 있던—."

에밀리가 중얼거렸다.

"그 녀석 나이스! 외모가 조금 완화됐다구! 그치? 코토미?"

"그, 그러게…… 그래도 아직은 수상하지만—."

"옷이 없는 것을 안쓰러워해서 두고 갔나— 무사의 정이로군."

그런가. 시즈쿠 씨, 재미있는 고찰이다!

이 녀석은 입을 것조차 없나—. 어쩔 수 없지, 이거라도 입어라……! 같은 식으로?

"아하하하! 그 녀석 의외로 좋은 녀석이네요!"

"와오— 적에게 소금을 준다는 그건가? 우에스기 겐신이즘이야!"

에밀리는 일본 역사도 좋아하고 자세하다.

함께 역사계 시뮬레이션 게임도 했었으니까! 거기서부터 진입한 계열이다.

"푸크크큽……! 싸웠는데 옷을 준다니 츤데레잖아!"

"아니면, 그래 봬도 몸가짐에는 꽤나 시끄러운 타입이었다든가……?"

"아하하하하! 엄마 같잖아!"

아무튼 좋은 녀석이네, 데스 채리엇!

그런 모습이었는데, 그 녀석을 향한 우리의 호감도가 마구 치솟고 있었다.

그러나 오라버니는 마음에 들지 않아 보였다.

"에에잇! 이런 수상한 차림새로 있을 수 있겠나!"

바로 장비를 해제해서 알몸으로 돌아갔다.

아니, 어느 입으로 말하는 거야. 그쪽이 열 배는 수상하다고!

확실히 유혈이 낭자한 데다 혈문자가 이곳저곳에 묻은 검은 로브이고, 주변에는 원령이 달라붙는 이펙트가 붙었지만—.

이건 입고 있어도 그나마 호러 좋아하는 사람의 코스프레인가? 같은 걸로 끝나니까.

변명이 불가능한 왕변태보다는 낫다고!

"이런 것은 민폐에 지나지 않는다. 내게는 불필요하니, 자네에게 주도록 하지."

억지로 떠넘겼다!

혈명(血冥)의 로브

종류 : 갑옷 장비 가능 레벨 : 50 방어력 : 77

장비 가능 직업 : ALL

특수 성능 : 모든 스테이터스 -100, 이동 속도 다운

우와, 심플하지만 엄청나게 저주받은 장비잖아!

그 녀석이 이걸 입고 있었다는 건, 본래 스펙보다 무척 약해졌다는 뜻 아닌가—?

스테이터스가 전부 내려간다는 건 어떤 국면에서도 배틀에는 어울리지 않는다.

그럼 이동 중에 입는 건가 싶어도, 이동 속도가 내려가니까 입기도 귀찮아 보인다.

이건 꽤 문제아인데.

이걸 딱 보고 기뻐하는 건, 콜렉터 영혼에 불타오르는 아이템충밖에 없겠지.

—호무라 선배라면 비싸게 사줄까?

"네……? 받아봤자 좀 그렇긴 하지만, 고맙습니다—."

일단 아이템 박스에 휙 내던져둘까…….

돌입으로부터 29분이 경과했습니다. 앞으로 60초 후에 강제 배출됩니다.

이런 시스템 메시지가!

"아, 큰일 났다! 서두르자, 대시 대시!"

우리는 다급히 플로어 중앙에 나타난 워프 지점에 뛰어들었다.

그리고 B11F로 나아갔다.

"오! 좋았어, 세이브 포인트 발견."

워프를 나오자 세이프 포인트가 배치되어 있었다.

이번에도 5층마다 세이브할 수 있는 것 같네. 좋아좋아.

세이브를 마치고 한숨 돌리자, 타임 오버로 강제 배출.

눈앞이 꾸물꾸물 일그러지며 『어즈워스 해저 유적군』 밖으로 돌아왔다.

일단 지금 해둘 수 있는 공략 메모는 5층마다 세이브 포인트가 배치되어 있다. 그리고 10층마다 보스전이다. 이런 느낌인가?

이후에도 계속 가다 보면 패턴이 변할지도 모르지만.

아, 그리고 귀중한 정보가 있다. 데스 채리엇은 좋은 녀석! 자— 메모 메모.

그리고 빨리 내부 맵 구조에 관한 자료를 남겨놔야지! 머리에서 빠져나가니까!

"좋아, 에밀리! 매핑하자!"

"오케이, 렌!"

나와 에밀리는 바로 『디르의 마탁』을 꺼내서 맵 제작에 들어갔다.

제대로 가져왔다고!

오늘은 맥스인 다섯 번 들어갈 생각이라서 빠르게 자료화를 해두지 않으면 잊어버린다.

"으~음, 이건 이렇고— 이렇게 됐고……."

"아, 그쪽은 이렇게야. 이걸 이렇게, 이렇게—."

"자네들은 갑자기 뭘 시작한 거지?"

시즈쿠 씨가 의아한 듯이 물었다.

"아, 지나온 플로어의 지도를 남기고 있어요. 나중에 돌이켜보면 도움이 될지도 모르니까요."

"뭔가 법칙 같은 걸 찾아내면 공략의 도움이 되거든요!"

나와 에밀리의 대답을 들은 시즈쿠 씨는 어이없음 절반, 감탄 절반이라는 표정을 지었다.

"그건— 수수해 보이는데 즐거운가?"

"""네!"""

"그런가. 확실히, 마치 연구자 같군— 그런 즐거움도 있다고 해야 하나."

시즈쿠 씨는 납득한 표정으로 고개를 끄덕였다.

"시즈쿠 씨는 어떠셨나요? 던전 탐색은 즐거우셨나요?"

"그래, 꽤 재미있더군. 이런 체감은 신선해. 전투에서 화려하게 움직이는 것도 좋았지. 한동안 자네들과 어울려볼까 싶다."

"대환영이죠! 인원이 부족하니까요!"

맵 제작을 마친 우리는 다시 던전 탐색에 들어가기로 했다.

하루 다섯 번까지 들어갈 수 있으니까. 오늘은 다섯 번 가겠어!

그리고 던전 탐색에서 나오면 즉시 맵 제작을 반복하면서 그날을 끝냈다.

그리고 그 후 며칠간, 우리는 던전 어택을 반복했다.

역시 세이브 포인트는 5층마다 있고, 보스는 10층마다 배치되어 있었다.

매번 반드시 세이브 포인트에 도달할 수 있었던 건 아니지만, 그럭저럭 괜찮은 확률로 세이브에 성공해서 기록을 늘려갈 수 있었다.

다른 플레이어들의 진행도도 우리와 별로 차이가 없었고, 아직 『레인보우 가드』를 획득했다는 이야기는 듣지 못했다.

그리고 우리의 기록이 B50F를 넘어설 때였다—.

B51F에서 스타트해서 5층을 나아가 B56에서 세이브 포인트……라고 생각했는데, 세이브 포인트가 없었다.

세이브 간격이 넓어진 거다—.

아무래도 B51F 이후부터는 진행 난이도가 한 단계 상승한 모양이다.

더욱 진지하게 공략해야겠네!

슬슬 아키라도 돌아올 무렵이니까, 우리의 전력을 보여주마!

제 6 장 난적

이른 아침의 수상 코티지에서—.

나와 에밀리는 난이도가 상승한 『어즈워스 해저 유적군』 B51F 이후의 공략에 대해 검토하고 있었다.

"으~음— 지금으로서는 출현하는 게이트 개방 조건에 규칙성이 안 보이네……."

어느 층에 어느 지령이 나오는지는 완벽하게 기록했는데, 현재로서는 거기에 법칙성이 보이지 않았다.

『하늘의 균열』에서 골든 버니를 남획했을 때처럼 알기 쉬운 플러그가 보였다면 편했겠지만—.

참고로 골든 버니 남획 방법은 설정 실수였는지 나중에 수정되었다.

뭐, 쓰고 싶을 때 썼으니까 별로 상관없지만.

"그러게. 아마 B51F 이후는 일반적인 『전이석』이 아니라 『상급 전이석』이나 『초급 전이석』으로 진행하는 게 왕도일 거야. 그걸 위해서 일부러 『전이석』의 종류가 다수 있는 거고."

"뭐, 그렇겠지— 『상급 전이석』은 『전이석』보다 타임 리미트가 두 배인 한 시간이라서, 가야 하는 계층도 두 배인 10층이 될 테니까."

“아마 그럴 거야. 『상급 전이석』을 입수할 수 있는 곳은 한정적이니까, 분명 각 파티의 진행 속도는 둔해지겠네.”

“그렇지. 포장마차 미니 게임이나 『어즈워스 해저 유적군』에서 얻은 아이템으로 교환해야 하니까.”

“응. 포장마차 미니 게임은 하이 스코어를 기록해야 하고, 받을 수 있는 것도 한 게임당 1인 한 개 한정이잖아? 입수 허들이 꽤 높아. 게다가 하루에 하나밖에 얻을 수 없고.”

“하지만, 없는 것보다는 있는 게 훨씬 낫지. 나와 에밀리는 모든 포장마차에서 『상급 전이석』을 얻어두자. 하루 하나씩.”

“그러게. 뭐, 나와 렌이라면 가능할 거야!”

“물론이지! 그건 그렇다 치고, 다른 입수 방법은 던전에 들어가서 교환 아이템과 바꾸는 건데—.”

“『상급 전이석』 교환 아이템을 찾기 위해 『전이석』으로 던전에 들어가는 일이 늘어날 것 같아.”

“실제로 포장마차에서 하이 스코어를 내지 못하는 공략반은 그럴 수밖에 없으니까. 의외로 중요한 의미를 가지고 있네, 포장마차.”

“그러게. 『상급 전이석』을 얻기 위해 던전에 들어가다니 타임 로스잖아. 다른 곳에서 공급받는 걸로 전부 얻을 수 있다면 그게 빨라.”

“문제는 던전이 몇 층까지 있느냐인데…….”

“그러게. 그걸 모르니까 얻게 되는 『상급 전이석』을 전부

들이부을 수밖에 없지 않을까?"

"아니면, 일반적인 『전이석』으로 10층을 뚫을 정도로 공략 스피드를 올리거나."

"지금 우리의 편성과 장비로는, 잘해봐야 7~8층이 한도 아닐까? 게이트 개방 조건이 무척 좋게 나오더라도 그럴 거야."

"오늘부터 아키라가 돌아올 테니까, 조금은 딜을 올릴 수 있을 거야. 아무래도 그 사람은 공격을 안 하니까."

박애주의자이고 채식주의자라서 적을 공격하고 싶지 않은 모양이다.

어떻게 레벨을 올렸는지 수수께끼지만, 뭐 누군가의 파티에 기생해서 경험치를 올렸겠지.

그 사람을 기생시켜준 파티가 있다는 게 놀라울 따름이지만…….

"뭐, 그게 류타로의 플레이 스타일이니까. 무슨 롤 플레이인지는 모르겠지만, 그렇게 즐기는 것도 게임이야."

"으음, 무슨 롤 플레이일까…… 하하하하."

당연히 노출광 롤 플레이지만, 그걸 굳이 에밀리에게 말하는 건 주저돼서 말을 흐렸다.

"나는 못하는 거니까, 그 자유로운 모습은 조금 동경하게 돼. 물론 그 차림새를 흉내 내고 싶지는 않지만."

"아~ 프로로 돈을 받는 이상 나름대로 결과를 내야만 한다고 했지?"

"응, 맞아. 톱 플레이어의 일각은 되어야 하니까. 나 자신의 명예를 위해서라도."

"그건 그것대로 힘들어 보이네."

"뭐든 그렇지만, 프로로 일하는 건 나름대로 힘들기는 하거든? 하지만 내가 선택한 거니까 충실하게 살고 있어. 이 이세계 사마르는 바캉스니까 마음 편하게 놀고 있지만."

에밀리는 팔을 번쩍 들어서 기지개를 켰다.

그러더니 내 등에 툭 기댔다.

"렌도 같이 팀으로 프로게이머를 해준다면 믿음직할 텐데~. 진심으로 생각 좀 해줘. 우리 팀에 렌을 소개해줄 수 있으니까."

"아니, 무리야. 나 영어 못한다고."

"괜찮아. 우리 팀은 일본어 가능하니까—."

그런 별것 아닌 대화를 나누던 사이—.

"좋은 아침~♪"

간드러진 소리와 함께 교복 차림의 아키라가 우리가 있는 소파 맞은편에 앉았다.

목소리와 웃음과는 달리 거칠게 앉아서, 퓩! 하는 커다란 소리가 났다.

참 잘 가라앉는 소파네…… 와~아…….

"어, 어어. 좋은 아침. 아키라."

"어머, 좋은 아침 아키라! 오랜만이네!"

"응, 오랜만이네. 오늘도 잘 부탁해? 기대하고 있었거든."

고고고고고고고고……!

아, 큰일 났다. 또 어둠의 오라가 나오고 있어!

그러나 에밀리는 어둠의 오라 무효화 스킬을 가졌는지 태연했다.

"있잖아, 아키라. 나랑 렌한테 질투할 필요는 없거든? 우리는 소꿉친구라서 이러고 있을 뿐이니까. 게다가—."

"무슨 소리야? 난 그런 생각 없는데? 괜찮으니까 신경 쓰지 않아도 돼."

싱글벙글 웃고 있지만, 완고하게 들을 생각이 없다는 자세다.

……으~음. 그나저나 에밀리와 아키라의 상성이 좋지 않아 보이는 건 나로서는 좀 슬프군요.

지금부터 『어즈워스 해저 유적군』을 공략하러 가야 하는데, 이거 괜찮나……?

이렇듯 조금 불안하긴 했지만, 우리는 오늘도 『어즈워스 해저 유적군』으로 향했다.

오늘의 멤버는 나, 아키라, 마에다, 야노, 에밀리, 시즈쿠 씨다.

아키라는 『어즈워스 해저 유적군』은 처음이니까, 시험해본다 치고 평범한 『전이석』으로 들어왔다.

오라버니에서 아키라로 멤버를 바꿔서 10층을 돌파할 수 있을지 낌새를 알아보고 싶기도 하고, 잘 되면 『상급 전이석』 교환 아이템을 입수해도 된다.

내 생각으로는, B51F 이후부터의 탐색은 『상급 전이석』을 사용하는 게 왕도, 아니 설계자의 의도일 거다. 그러나 그대로 진행한다면 아마 공략 레이스에는 이길 수 없을 것이다.

다른 곳이 『상급 전이석』을 얻으려고 타임 로스를 일으키는 사이에 일반 『전이석』으로 돌파해야 머리 하나는 더 추월할 수 있는 거다.

물론, 지금 있는 『상급 전이석』을 투입하는 건 딱히 상관없지만, 『상급 전이석』을 모으기 위해서 던전에 들어오는 건 최대한 피해야만 한다.

마이 베스트 프렌드가 복귀했다면 10층도 돌파할 수 있다……!

—그럴 리는 없었다!

""""오의—!""""

아키라와 에밀리가 동시에 오의 모션에 들어갔다.

"크로스 크레센트!"

"붉은 재앙!"

아키라의 참격와 에밀리의 불기둥.

동시에 프리즈 리저드에 착탄! 프리즈 리저드에 마무리를 먹였다.

—네. 오버킬이군요!

평범한 『전이석』의 30분 제한 안에 10층을 뚫는 것에 성공하려면 꽤 효율적인 움직임이 필요하다.

귀중한 AP를 오버킬로 쓸데없이 소모할 여유는 없다.

그게 결과적으로 타임 로스로 이어지기 때문이다.

아키라도 에밀리도 그건 알고 있다.

그러나 호흡이 영 맞지 않아서, 다양한 행동이 겹치고 말았다.

오의나 아츠 타이밍도 그렇고, 회복 행동 타이밍이나 이동 방향까지도.

"아아. 미안 아키라. 겹쳐버렸네."

"아니, 나야말로—."

서로 일부러 이러는 건 아니겠지만, 타임 로스가 많아지고 있다.

이래서는 오라버니가 있을 때와 별로 다르지 않을지도 모르겠다.

돌입으로부터 30분이 지났습니다. 강제 배출됩니다.

종료 시스템 메시지가 왔다. 지금 계층은 B57F였다.

조금 힘들겠네. 게다가 『상급 전이석』 교환 아이템을 얻은 것도 아니다.

이걸로 『어즈워스 해저 유적군』에 돌입할 수 있는 하루 다섯 번의 기회 중에서 한 번을 잃고 말았다.

"아아. 끝나버렸네—."

"30분이라면 시간이 무척 부족한 것 같아."

"그렇지— 게이트 개방 조건의 운은 나쁘지 않았지만……."

"흠…… 타카시로여. 30분으로는 다음 포인트까지는 힘들지 않겠나?『상급 전이석』을 사용하는 게 좋아 보이는데. 뭣하면 내가 준『초급 전이석』이라도 상관없어."

"아뇨,『초급 전이석』은 역시 좀 아까우니까요.『상급 전이석』은 네 개 있으니까, 일단 하나를 써볼까요."

그 후에 포장마차에서 늘릴 수 있으니까.

"그러게. 괜찮아 보여, 렌."

"응. 렌에게 맡길게."

"오케이야~!"

"그러자. 갈 수 있을 때까지 가는 게 좋을지도."

모두 이의는 없어 보여서,『상급 전이석』을 집어넣기로 했다.

오늘 두 번째 돌입은『상급 전이석』으로.

역시 제한 시간이 한 시간이나 되니까 아키라와 에밀리의 연계가 다소 나쁘더라도 괜찮았다.

B51F~B60F까지 돌파해서 B61F 세이브 포인트 발견.

역시 세이브 간격이 10층이 되어있다. 그리고 B60F에는 보스가 없었다.

"좋아좋아! 역시『상급 전이석』을 쓰면 갈 수 있네!"
"저기, 렌. 그냥 다음에도『상급 전이석』을 써버리자!"
에밀리는 그런 말을 꺼냈고, 다른 일행들도 OK라고 해서『상급 전이석』을 쓰기로 했다.

오늘 세 번째 돌입. B61F~B70F까지는 문제없었다.
B71F에서 세이브. 단, 보스는 없었다.
슬슬 다음 보스가 있어도 될 것 같은데—.

오늘 네 번째 돌입. B71F~B79F까지의 공략. 여기까지는 순조로웠다.
B80F—.

딩동~.
게이트 개방 조건, 보스 몬스터를 쓰러뜨려라!

"음— 드디어 왔구나, 보스!"
남은 시간은 앞으로 15분 있다!
이 정도라면 여유를 가지고 싸울 수 있는 시간이다.
『상급 전이석』을 넣었으니까 질 수는 없지!
이번 필드는 데스 채리엇이 있던 투기장 같은 필드가 아니라, 여느 때와 같은 네모난 방 안에 대량의 식물이 우거진 상태였다.

일부러 이렇게 한 건, 식물계 보스가 나온다는 건가?

그런 나의 예감은 적중했다.

쿠구구구구구궁—.

발밑이 진동하면서 플로어 중앙에 거대한 식물이 솟아났다.

새까만 색깔의 꽃이 달린 거대한 장미 괴물이었다.

하데스 로즈　레벨 120　왕관 아이콘(레어 몬스터)

데스 채리엇보다 레벨이 높은데! 더 깊은 층이니까 당연한가—.

아무튼, 쓰러뜨리겠어!

“흐음— 크네. 어떤 공격을 해올지 기대되는데! 가자!”

에밀리가 용감하게 맨 먼저 하데스 로즈에게 돌진했다.

탱커의 본능이랄까, 적이 있으면 맨 먼저 자신이 공격 목표가 되러 가는 게 탱커의 역할이다.

“낌새를 봐야 하니까 충격파 한 방 넣을게!”

“오케이!”

달려가던 에밀리는 아키라의 말을 들으며 고개를 끄덕였다.

직후, 에밀리의 『이름 외치기』가 발동.

한 박자 뒤, 아키라가 날린 스카이 폴의 충격파가 착탄.

아키라의 공격. 하데스 로즈에 102의 대미지!

응, 대미지는 평범하게 들어가는 것 같다.

그리고 에밀리의 『이름 외치기』가 들어가서 공격 목표는 에밀리가 되었다.

그래야 하는데—.

끼에에에!

하데스 로즈는 대미지를 입자 호들갑스럽게 몸을 꿈틀대며 장미꽃 중앙에서 뭔가 동그란 것을 주변에 날렸다.

하데스 로즈는 종자를 날렸다!
블랙 로즈가 태어났다!
블랙 로즈가 태어났다!
블랙 로즈가 태어났다!
블랙 로즈가 태어났다!
블랙 로즈가 태어났다!
블랙 로즈가 태어났다!

우왓, 뭔가 나왔어?!

거대한 하데스 로즈 본체를 작게 줄인 듯한 검은 장미가 태어났다.

그것이 줄기 부분을 다리처럼 꾸물꾸물 움직이더니— 일제히 아키라를 노렸다!

"어?! 이쪽?!"

아키라가 놀랐다. 확실히 공격 목표는 에밀리가 되었을 텐데. 나도 의외였다.

그리고 떼로 몰려온 블랙 로즈 군단이 일제히 꽃에서 검은 안개를 뿜어냈다.

블랙 로즈의 블랙 미스트가 발동. 아키라에 333의 대미지!

블랙 로즈의 블랙 미스트가 발동. 아키라에 333의 대미지!

블랙 로즈의 블랙 미스트가 발동. 아키라에 333의 대미지!

블랙 로즈의 블랙 미스트가 발동. 아키라에 333의 대미지!

블랙 로즈의 블랙 미스트가 발동. 아키라에 333의 대미지!

블랙 로즈의 블랙 미스트가 발동. 아키라에 333의 대미지!

아키라는 힘이 다했다…….

블랙 로즈 대량 발생에서 이어지는 일제 블랙 미스트 분사로 아키라가 격침됐다!

"으겍?! 진짜로?!"

"훌쩍훌쩍— 애들아~ 미안해……!"

유카타 차림으로 풀썩 쓰러진 아키라.

이건 곤란해— 느닷없이 마이 베스트 프렌드가 퇴장했다고!

"어떻게 된 거야! 공격 목표는 에밀링이었는데!"

"분명 카운터일 거야!"

에밀리가 그렇게 분석했다.

즉, 하데스 로즈가 자신의 공격 목표에게 능동적으로 하는 공격이 아니라, 자신에게 날아온 공격에 반격한 것에 지나지 않는다는 거다.

녀석의 공격 목표를 에밀리가 유지하고 있는 건 틀림없다.

그런데도 적의 타깃이 아키라가 됐다는 건, 아키라의 스카이 폴 충격파에 대한 카운터가 블랙 로즈 대소환이었다는 거다.

카운터로 그런 기술을 쓰다니, 이거 훌륭한 즉시 사망이다!

실제로 걸리게 되니 어쩔 도리가 없었으니까—.

에밀리가 『이름 외치기』를 사용한 직후가 아니었다면 아키라에게 몰려간 블랙 로즈의 공격 목표를 끌어올 수 있었겠지만…… 그 타이밍은 『이름 외치기』의 재사용 대기 상태여서 손을 댈 수 없었다.

역시 이번에도 아키라와 에밀리의 행동이 잘 맞물리지 않았다.

그게 이런 곳에서도 드러나는 건가—!

"일단, 본체는 건드리지 말고 이 녀석들을 쓰러뜨리자!"

"응, 그러자!"

본체에 손을 대면 또 카운터로 종자가 날아와서 블랙 로즈가 대량 발생해버릴 테니까.

먼저 안전을 확보하고, 카운터 조건을 알아내야 한다—.

스카이 폴의 충격파는 마법 속성이니까 마법 공격을 맞으면 저렇게 되나?

그렇다면 먼저 물리 공격으로 카운터가 오는지 알아보고 싶다.

여기서 에밀리가 다시 『이름 외치기』를 사용.

블랙 로즈 여섯 마리의 공격 목표를 끌어갔다.

그리고 에밀리에게 탱커를 맡기면서 블랙 로즈를 하나하나 처리했다. 강함은 『어즈워스 해저 유적군』의 일반 잡몹과 비슷한 정도다.

단, 출현과 동시에 블랙 미스트를 뿜는 게 성가시네.

그 집중 공격을 맞으면 HP가 높은 직업이 아니라면 아키라처럼 즉사하고 만다.

중기사인 에밀리나 무식하게 VIT에 몰빵한 로망포라면 버틸 수 있겠지만—.

블랙 미스트 자체는 아마 마법 속성 공격이니까 마법 내성을 올리면 좀 더 대미지를 줄일 수 있을 거다.

아무튼 카운터 종자 날리기에서 이어지는 블랙 미스트 대량 방사가 기다리는 상황에서는 에밀리의 『이름 외치기』가 사용 가능한 상태가 아니라면 공격을 가하는 건 위험하다.

나도 HP만이라면 맨몸으로 버틸 수 있겠지만, 오의와 동시에 HP가 거의 비어버리니까, 역시 에밀리가 블랙 로즈의 공격 목표를 꽉 잡아주지 않으면 바로 죽는다.

"렌! 다음은 물리 공격을 시험해볼까?!"

에밀리가 블랙 로즈에게 공격을 가하면서 말했다.

역시 에밀리는 나와 비슷한 생각을 하네.

"그래, 그러자!"

"렌의 오의를 쏴줄래?! 오의라면 카운터가 없을지도!"

"알았어! 그걸로 가자!"

상의를 마친 우리는 블랙 로즈의 숫자를 줄여나갔다.

나도 『엘리멘탈 서클』의 추가 공격을 써서 공격에 참가했다.

이번 서클 색은 노란색. 토속성이었다.

그렇게 공격하는 사이, 하데스 로즈는 아무것도 하지 않았다.

남은 블랙 로즈는 하나.

이건— 카운터로 종자 날리기만 하는 기계 같은 느낌인가?

카운터 온리 보스도 RPG에서는 가끔 나오니까.

그렇게 생각하고 있는데—.

하데스 로즈는 종자를 날렸다!

블랙 로즈가 태어났다!
블랙 로즈가 태어났다!
블랙 로즈가 태어났다!
블랙 로즈가 태어났다!
블랙 로즈가 태어났다!
블랙 로즈가 태어났다!

잠깐만—?! 공격하지도 않았는데 종자를 토해내지 말라고!

"이 녀석— 공격하지 않아도 블랙 로즈를 부르는 건가!"

카운터로 종자를 토해내고, 아무것도 하지 않아도 종자를 토해낸다.

바보처럼 종자만 토해내지만, 이거 성가신데—!

"—아! 이번에는 나네!"

새로 태어난 블랙 로즈는 에밀리를 향해 몰려왔다.

이건 카운터가 아니라 하데스 로즈 본체의 공격 목표 그대로인 건가?

본래의 어그로는『이름 외치기』를 꽂아 넣은 에밀리가 제일 높을 테니까.

"—매직 배리어!"

마에다가 보조마법을 발동.

아군 한 명에게 마법 대미지를 차단하는 배리어를 걸어주는 마법이다.

효과 시간은 30초로 짧고, 대상도 한 명이지만 효과 시간 중에는 마법 대미지를 절반이나 차단해준다.

효과 시간이 짧아서 용도를 잘 파악하고 정확하게 사용하는 것이 요구되는 마법이지만, 타이밍 완벽합니다! 나이스 마에다!

블랙 로즈의 블랙 미스트 발동. 에밀리에 161의 대미지!
블랙 로즈의 블랙 미스트 발동. 에밀리에 161의 대미지!
블랙 로즈의 블랙 미스트 발동. 에밀리에 161의 대미지!
블랙 로즈의 블랙 미스트 발동. 에밀리에 161의 대미지!
블랙 로즈의 블랙 미스트 발동. 에밀리에 161의 대미지!
블랙 로즈의 블랙 미스트 발동. 에밀리에 161의 대미지!

그래. 이 대미지라면 에밀리는 절대 격침되지 않아! 여유롭게 살아남을 수 있어!

"엑스 힐!"

이어서 마에다의 회복마법이 에밀리에게 날아갔다.

그러자, 블랙 로즈들의 머리가 마에다를 바라봤다.

회복 어그로로 마에다게 공격 목표가 돌아간 거다.

그러나—.

"그쪽으로는 보내지 않겠어!"

바로 에밀리가 『이름 외치기』로 공격 목표를 되찾았다.

좋아좋아 나이스 나이스! 여기는 제대로 맞물리네.

"오의 『하이드 라이징 블래스트』!"

"오의 『승룡삼화섬』!"

야노와 시즈쿠 씨가 생성된 블랙 로즈에 오의를 날려서 격침시켰다.

카운터로 생성된 녀석들도, 나중에 본체가 알아서 만든 녀석들도 처리 완료!

"좋았어, 본체만 남았어!"

"지금이야! 렌!"

"그래, 한 방 때려 박겠어!"

나는 하데스 로즈 본체에 돌진.

광범위 디인테 서클을 발동해서 MP를 비웠다.

INT(지성)를 내리는 서클이지만, 왜 이걸로 했느냐면 카운터로 블랙 로즈를 생성해서 블랙 미스트를 뿜으러 올 때 대미지를 줄이기 위해서다.

마법 대미지 공격이니까 INT를 내리면 위력도 내려가겠지.

"가라아아아아! 오의 『데드 엔드』~~~!"

서거어어어어어어어어어억!

보라색으로 빛나는 참격이 하데스 로즈 본체를 찢어버렸다!

주작일섬은 염속성이기도 하니까, 마법 대미지로 판정될 우려가 있다.

그래서, 틀림없는 물리 온리 대미지인 이것으로!

렌의 데드 엔드가 발동. 하데스 로즈에 4944의 대미지!

음! 대미지 들어갔다!

여기서 적 HP 바를 주목했다. 게이지는 어느 정도 줄었지?!

—6분의 1 정도인가?!

즉, 녀석의 최대 HP는 대략 30000 전후라는 뜻이다.

그렇군— 결코 많은 편은 아니다.

아키라는 당해버렸지만, 블랙 로즈의 처리만 가능하다면 어떻게든—.

하데스 로즈는 종자를 날렸다!
블랙 로즈가 태어났다!
블랙 로즈가 태어났다!
블랙 로즈가 태어났다!
블랙 로즈가 태어났다!
블랙 로즈가 태어났다!
블랙 로즈가 태어났다!

"으겍?! 물리 공격으로도 카운터가?!"

"괜찮아! 맡겨둬!"

에밀리가 『이름 외치기』를 발동해서 블랙 로즈의 공격목표를 가져갔다.

그러나—.

하데스 로즈는 종자를 날렸다!

블랙 로즈가 태어났다!

블랙 로즈가 태어났다!

블랙 로즈가 태어났다!

블랙 로즈가 태어났다!

블랙 로즈가 태어났다!

블랙 로즈가 태어났다!

"뭣이?! 연타라고?!"

"타이밍이 안 좋았네……!"

두 번째는 일반 행동으로 종자를 날린 건가?!

하데스 로즈는 카운터로도 종자를 날리고, 일반 행동으로도 종자를 날린다.

카운터 종자 날리기 직후에, 일반 행동인 종자 날리기가 온 거다.

열두 마리의 블랙 로즈가 이 자리에 일제히 나타났다는

뜻이다.
"크— 그렇다면! 붉은 재앙!"

콰아아아아아아아아앙!

에밀리가 붉은 재앙으로 블랙 로즈들을 전부 휩쓸어서 억지로 공격 목표를 가져갔다!
그러나 블랙 로즈의 HP는 일격으로 격침될 만큼 낮지는 않다.
공포의 블랙 미스트 12연발인가—?!
"—매직 배리어!"
마에다 정확해! 디인테 서클도 있으니까, 이거라면 어찌어찌 막아낼지도—?!

하데스 로즈는 종자를 날렸다!
블랙 로즈가 태어났다!
블랙 로즈가 태어났다!
블랙 로즈가 태어났다!
블랙 로즈가 태어났다!
블랙 로즈가 태어났다!
블랙 로즈가 태어났다!

"앗?!"

여기에 여섯 마리 추가?!

아, 맞다. 에밀리의 붉은 재앙은 범위가 넓다.

하데스 로즈 본체까지 말려든 거다.

그걸로 카운터가—!

블랙 로즈의 블랙 미스트가 발동. 에밀리에 148의 대미지!

블랙 로즈의 블랙 미스트가 발동. 에밀리에 148의 대미지!

블랙 로즈의 블랙 미스트가 발동. 에밀리에 148의 대미지!

블랙 로즈의 블랙 미스트가 발동. 에밀리에 148의 대미지!

블랙 로즈의 블랙 미스트가 발동. 에밀리에 148의 대미지!

블랙 로즈의 블랙 미스트가 발동. 에밀리에 148의 대미지!

블랙 로즈의 블랙 미스트가 발동. 에밀리에 148의 대미지!

블랙 로즈의 블랙 미스트가 발동. 에밀리에 148의 대미지!

블랙 로즈의 블랙 미스트가 발동. 에밀리에 148의 대미지!

블랙 로즈의 블랙 미스트가 발동. 에밀리에 148의 대미지!

블랙 로즈의 블랙 미스트가 발동. 에밀리에 148의 대미지!

블랙 로즈의 블랙 미스트가 발동. 에밀리에 148의 대미지!

블랙 로즈의 블랙 미스트가 발동. 에밀리에 148의 대미지!

블랙 로즈의 블랙 미스트가 발동. 에밀리에 148의 대미지!

블랙 로즈의 블랙 미스트가 발동. 에밀리에 148의 대미지!

블랙 로즈의 블랙 미스트가 발동. 에밀리에 148의 대미지!

블랙 로즈의 블랙 미스트가 발동. 에밀리에 148의 대미지!

블랙 로즈의 블랙 미스트가 발동. 에밀리에 148의 대미지!

에밀리는 힘이 다했다…….

아무리 그래도 블랙 미스트 18연발은 어찌할 도리가 없다고!

"여, 역시 이건 무리야…… 미안―!"

에밀리가 그 자리에서 쓰러졌다.

이건 어쩔 수 없긴 하지! 근데 이 번식력은 대체 뭐냐고!

보통은 이렇게, 동시에 나오는 잡몹의 숫자는 몇 개까지만이라고 정해져 있을 텐데―.

아니, 정해져 있을지도 모르지만, 적어도 동시에 18마리까지 나오는 건 터무니없다고.

게다가 무시무시하게도―.

하데스 로즈의 HP가 148 회복됐다!

하데스 로즈의 HP가 148 회복됐다!

하데스 로즈의 HP가 148 회복됐다!

하데스 로즈의 HP가 148 회복됐다!

하데스 로즈의 HP가 148 회복됐다!

하데스 로즈의 HP가 148 회복됐다!

하데스 로즈의 HP가 148 회복됐다!

하데스 로즈의 HP가 148 회복됐다!

하데스 로즈의 HP가 148 회복됐다!
하데스 로즈의 HP가 148 회복됐다!
하데스 로즈의 HP가 148 회복됐다!
하데스 로즈의 HP가 148 회복됐다!
하데스 로즈의 HP가 148 회복됐다!
하데스 로즈의 HP가 148 회복됐다!
하데스 로즈의 HP가 148 회복됐다!
하데스 로즈의 HP가 148 회복됐다!
하데스 로즈의 HP가 148 회복됐다!
하데스 로즈의 HP가 148 회복됐다!

18연발 회복 로그가!

"우왓, 회복됐어?!"

이 녀석, 생성한 블랙 로즈가 준 대미지만큼 회복하는 건가?!

잠깐 기다려, 이 녀석을 어떻게 하라는 거야!

그저 카운터로 블랙 로즈를 불러내는 것만이라면 다시 폭딜을 한 방 넣는다⇒블랙 로즈 처리⇒폭딜⇒블랙 로즈 처리 같은 루프로 어떻게든 되었겠지만, 이 녀석은 그것만이 아니다.

그 사이에 카운터만이 아니라 본체가 스스로 블랙 로즈를 불러낸다.

그리고 그 녀석들이 벌어들인 대미지가 본체의 HP가 되는 거다.

이거 3만을 깎아내는 것도 너무 어렵잖아—!

섣불리 집중 공격을 가하려고 해도 공격만큼 카운터가 날아오고—.

지금처럼 블랙 로즈가 18마리까지 쌓이면 중기사조차도 즉사하니까.

그렇다면, 그게 있다면 하는 가정이지만, 뭔가 블랙 로즈 호출을 봉쇄하는 방법을 발견하거나— 혹은 블랙 로즈의 토탈 출현수에 상한이 있다는 걸 믿고 마구마구 잡거나인데—.

그러나 잊어서는 안 되는 건, 여기는 시간을 얼마든지 들여도 되는 일반 지역의 전투가 아니라, 시간제한이 붙은 『어즈워스 해저 유적군』이라는 것이다.

시간을 너무 들이면 타임 오버로 배틀 중에 강제 배출되고 만다.

시간 초과는 상대의 승리다. 녀석의 성능과 이 자리의 입지—.

종합적으로 생각하면, 이 녀석 꽤 강적이야……!

그런 생각을 순간적으로 하던 나에게—.

퍼억!

블랙 로즈의 공격. 렌에 31의 대미지!

렌은 힘이 다했다…….

하데스 로즈의 HP가 31 회복됐다!

"크흑……!"

에밀리를 쓰러뜨린 18마리가 일제히 내게 몰려왔다.

전부 가드하는 건 역시 무리고, 오의를 쓴 직후여서 HP는 1밀리미터.

그건 즉 즉사입니다. 정말로 감사합니다.

그리고 남은 야노와 마에다, 시즈쿠 씨도 18마리가 된 블랙 로즈 군단에게는 도저히—.

하데스 로즈는 종자를 날렸다!

블랙 로즈가 태어났다!

블랙 로즈가 태어났다!

블랙 로즈가 태어났다!

블랙 로즈가 태어났다!

블랙 로즈가 태어났다!

블랙 로즈가 태어났다!

아, 아뇨. 24마리였습니다!

이 녀석 너무 늘어나잖아! 불어나는 미○이냐고, 작작 좀 해!

아무튼 세 명으로는 블랙 로즈 군단을 도저히 처리할 수 없어서—.

"아~ 이제 안 되겠어!"

"어, 어쩔 수— 없지……?"

"끄응— 중과부적이군……!"

으~음, 『어즈워스 해저 유적군』에서 두 번째 전멸…….

제 7 장 충격! 그리고—

우리는 수상 코티지로 강제 송환되어 부활했다.

"……으~음. 전멸했네!"

"그러게— 꽤나 펀치가 센 보스였어."

"미안해. 내가 맨 먼저 당해버려서……."

아키라가 시무룩해졌다.

"아니, 이건 어쩔 수 없지. 아까 그건 처음 봐서는 상대하기 힘들다고."

"처음 본 게 아니더라도 버거워 보이지만— 지금까지의 보스와는 명백하게 난이도가 달라."

에밀리가 표정을 다잡았다.

"그래, 확실히. 뭐랄까— 진짜로 죽이러 오는 느낌이었어."

"응, 그러게. 아마 그 녀석의 공략이 『레인보우 가드』 획득 경쟁의 향방을 좌우할 거야. 그 정도의 녀석이었어."

에밀리의 말이 맞을 거다.

그 녀석은 플레이어들의 순위를 매기기 위한 역할을 맡고 있을 거다.

그래서 그만큼 귀신같은 난이도가 된 거다.

"렌, 에밀리. 뭔가 대책은—?"

“대책이라…… 지금은 없네.”

“—그러게. 좀 더 정보가 필요해.”

“그래. 하지만 그만큼—.”

“응—.”

““불타오르는데!””

마지막에 나와 에밀리의 말이 겹쳤다.

“아하하하하. 두 사람이 다 똑같은 생각을 하고 있네. —조금 부러워.”

아키라가 조금 쓸쓸한 듯 웃었다.

그때—.

“응? 밖에서 무슨 소리가 나는군—.”

확실히 시즈쿠 씨의 말대로, 수상 코티지 입구 주변에서 목소리가 들렸다.

누가 온 건가—?

“아, 제가 보고 올게요.”

내가 수상 코티지 입구의 낌새를 보러 가자, 그곳에는 나보다 조금 키가 큰 금발 형이 있었다.

오오, 외국인이다! 아니, 근데 이 녀석 어디서 본 적이 있는 것 같은데—?

“익스큐즈 미…… 에밀리………… 플리즈.”

뭐라 말하고 있는데, 익스큐즈 미와 에밀리와 플리즈밖에 듣지 못했다!

으~음. 영어는 서툴다고. 특히 리스닝은 서툴러! 전형적인 일본인이란 말이죠.

공부하면 읽고 쓰기는 할 수 있을지도 모르지만, 말하기는 좀—.

에밀리가 일본어를 할 수 있어서 옛날부터 그것에 의존해 온 결과다.

"플리~즈 스피~크 모어 슬로우리~!"

내가 망설임 없이 그렇게 대답하자, 상대는 어쩔 수 없다는 듯이 고개를 내젓고는—.

"미안하군. 에밀리가 여기 있다고 들었는데— 있는 건가?"

"으응?! 일본어 할 수 있는 거였냐고!"

"에밀리는 일본과 친하니까. 익히게 됐지."

"당신이 루카스야? 어디서 본 적이 있다 싶었는데. 에밀리가 편지로 보내준 사진으로 봤다고."

"네가 렌이지? 에밀리에게 이야기는 들었어. 그녀가 신세를 지고 있다던데. 고맙다."

상대가 손을 내밀어서, 우리는 악수를 나눴다.

일미 우호! 좋은 일이죠.

"아니아니, 나야말로. 일단 에밀리는 안에 있으니까 들어오라고."

그래서 나는 루카스를 데리고 수상 코티지 안으로 들어왔다.

일행들은 조금 전과 다름없이 거실에 앉아있었다.

그녀를 발견한 루카스가 목소리를 높였다.

"에밀리!"

"어라? 루카스? 어쩐 일이야?"

"마중 나왔지. 우리 쪽으로 바로 돌아와 줘."

그나저나 이 미국인 두 사람이 일본어로 대화하는 건, 우리에게도 들려주기 위해서겠지. 으~음, 친절해라.

"에이~ 어째서? 모처럼 즐겁게 놀고 있었는데!"

에밀리는 조금 불만스러워 보였다.

"놀이가 아니게 되었으니까. 학원은 우리에게 『어즈워스 해저 유적군』을 1등으로 클리어하는 영상을 찍어주길 바라고 있어. 그들은 스폰서니까, 프로로서 그 오더에 응해줄 필요가 있지."

응. 이 루카스도 저쪽 프로게이머다.

에밀리와 비슷한 처지다. 소속된 프로게이머 팀도 같다고 한다.

게다가—.

"으~음…… 정말로 돌아가지 않으면 안 돼?"

"그래, 안 돼. B80F의 보스는 터무니없이 강하다는 걸 알아?"

"—응, 아까 보고 왔어."

"그걸 클리어하려면 우리가 진심으로 나서지 않으면 무리야. 네 힘이 필요해."

"으~음…… 그런가아— 어쩔 수 없네……. 그래도 렌네한테 미안한데."

"괜찮겠지. 네가 있든 없든 결과는 변하지 않을 텐데? 문장술사에 소드 댄서에 공적에 학자— 이런 파티와 함께여서는 아무리 에밀리가 애써봤자 하데스 로즈는 쓰러뜨릴 수 없어. 좀 더 진지하게 파고들어야지."

루카스가 그렇게 말하자, 에밀리는 어린애를 꾸짖는 말투가 되었다.

"루카스으? 그런 소리를 하면 렌네에게 실례잖아. 나를 무례한 놈의 아내로 만들지 말아줄래?"

응. 그렇단 말이지.

나는 에밀리가 보내준 편지로 알고 있었다.

미국은 부모가 수락한다면 16세라도 결혼할 수 있으니까.

주에 따라서는 좀 더 낮더라도 OK인 곳도 있다고 한다.

에밀리는 그쪽 세계에서는 아이돌처럼 인기가 있다고 해서, 공식적으로 알리지는 못하고 있다지만—.

자기가 그렇게 발언했다는 건, 여기 있는 이들에게는 알려지더라도 괜찮다는 거겠지.

""""에에에에에에에엑?! 아내?!""""

아키라, 마에다, 야노가 깜짝 놀란 듯이 목소리를 높였다.

시즈쿠 씨도 놀랐는지 눈을 크게 떴다.

"으으음, 그럼—."

"에밀링은……."

"이래 봬도……."

"""결혼했어?!"""

세 사람의 말이 다시 겹쳤다.

"맞아. 역시 스포츠 선수는 빨리 가정을 꾸리고 경기에 전념해야 한다고 생각하니까! 프로게이머도 스포츠 선수잖아!"

에밀리는 확신을 가지고 단언했다.

"아, 그래도 아직 공표하지는 않았으니까, 비밀로 해줘?"

끄덕끄덕끄덕끄덕.

놀라서 말이 나오지 않는 세 사람은 그저 고개만 끄덕였다.

"자, 루카스. 렌네한테 사과해. 실례되는 말을 해서 미안하다고. 그러지 않으면 오늘부터 같이 안 잘 거야."

"그, 그래— 미안하다. 말이 지나쳤던 것 같군. 에밀리를 빼앗긴 것 같아서 조금 질투가 난 걸지도 몰라."

루카스가 그렇게 말하자, 에밀리는 장난스레 웃으면서 루카스와 팔짱을 꼈다.

"어라? 나는 제대로 당신을 사랑하고 있는데, 전해지지 않았던 걸까?"

"아니, 그런 게 아니라—."

"그럼 뭐였는데?"

"아니, 으~음…… 미안하다. 내 그릇이 작았던 모양이야."

자자, 그 이상은 부부끼리의 사정이니까 맡기기로 하고—.

"자자, 전혀 상관없다고. 오히려 안 된다고 생각해주지 않으면 재미없으니까. 안 될 것 같은 녀석이 반짝이는 게 좋단 말이지! 자이언트 킬링이야!"

"아하하. 그런 점은 역시 렌답네."

"에밀리가 말했던 대로 괴짜인 것 같군. —하지만 사과는 하더라도, 공략은 양보하지 않아. 우리도 프로게이머로서 질 수는 없으니까."

"그래. 그러지 않으면 재미없잖아! 진지하게 가자, 진지하게!"

"그럼 어쩔 수 없으니까, 나는 돌아갈게? 즐거웠어. 고마워, 렌. 다른 사람들도."

에밀리는 손을 하늘하늘 흔들며 루카스와 함께 수상 코티지를 나가려 했다.

그 등에 대고, 아키라가 말을 걸었다.

"에밀리! 잠깐만!"

"응? 무슨 일이야? 아키라?"

아키라는 고개를 푹 수그렸다.

"저기— 미안해! 나 에밀리한테 태도가 좋지 않았을 거야……! 그러니까—!"

"전혀 신경 쓰지 않거든? 다음에 만날 때는 좀 더 친하게 지내줘. 그게 더 즐거우니까!"

에밀리는 털털하고 밝은 미소를 지었다.

"으, 응……! 기대하고 있을게!"

"렌을 잘 부탁할게? 아키라. 그래도 공략은 지지 않을 거야! 우리는 전력으로 이길 거니까!"

"나도 지지 않을 거야! 『레인보우 가드』를 원하니까!"

아키라와 에밀리는 서로에게 미소를 보냈다.

아름다운 우정이라는 광경이구나! 아마도!

◆◇◆

그렇게 해서 에밀리가 루카스 쪽 파티로 돌아갔으니, 일단 오늘의 『이즈워스 해저 유적군』은 그만두게 되었다.

뭐, 이미 네 번 들어가서 한 번 남았으니까. 코코루나 아카바네나 카타오카가 온다면 한 번 더 가도 되겠지만—.

그래도 『상급 전이석』은 앞으로 하나 남았고 『초급 전이석』도 남은 건 하나다.

이걸 섣불리 쏟아부어봤자 하데스 로즈 공략법을 어떻게 세우지 않으면 헛수고가 되니까—.

하데스 로즈 공략법을 알아내려면, 좀 더 여러 전법을 시험해보고 찾아낼 수밖에 없다.

그러려면 시행 횟수가 필요한데, 『상급 전이석』을 쏟아붓지 않으면 거기까지 도착하는 것도 힘들단 말이지.

그렇다면 먼저 해야 할 일은 『상급 전이석』을 찾으면서 일반 『전이석』으로 10층을 뚫고 하데스 로즈와 싸울 수 있도록 도중 공략 속도 스피드를 끌어올릴 수밖에 없나—?

에밀리는 가는 길에서도 안정적으로 공헌해줬으니까.

가는 길의 스피드를 올리려면, 그거다.

내 직업을 바꾸는 게 제일 빠르겠지— 후후후후.

『엘리멘탈 서클』 따위로는 가는 길에서 에밀리의 중기사가 뽑아주던 공헌도에는 전혀 미치지 못하니까.

그러나 잡 체인지는 절대 거부한다! 나는 망캐 마이스터니까, 망캐를 사용하지 않으면 죽는다!

어떻게든 해주마 어떻게든 해주마 어떻게든 해주마—.

그런 의욕을 담아서, 나는 검증에 열을 쏟았다.

최근 몰두하고 있는 『엘리멘탈 서클』의 확률 검증이다.

시행 횟수를 더욱더 늘리지 않으면 우연에 좌우되니까.

마에다와 야노는 다시 수영복으로 갈아입고 제트 스키에 올라 수상 코티지 주변을 돌고 있다.

시즈쿠 씨는 비치 체어에 누워서 느긋하게 보내고 있다.

아키라는 거실에서 검증 작업 중인 내게 다가와서 소파 옆에 앉았다.

단지, 평소처럼 싱글벙글 웃고 있는 게 아니라 겸연쩍어 보인다.

"가자, 류! 『엘리멘탈 서클』! 『엘리멘탈 서클』! 『엘리멘탈 서클』! 『엘리멘탈 서클』! 『엘리멘탈 서클』!"

"뀨~. 파랑하양노랑초록하늘색~."

"음. 빙광토풍수라…… 광이 나왔네 광."

흑과 백의 암서클과 광서클은 발동률 2~5퍼센트 정도로 다른 것보다 레어라서 나오면 조금 이득 본 기분이 든다.

"하아아아……."

갑자기 아키라가 커다란 한숨을 내쉬었다.

"응? 왜 그래? 아까부터 이상하잖아."

"응…… 아아아~~ 나, 이상한 착각을 해서 그런 태도를— 정말 미안해?"

"아니, 전혀 신경 쓰지 않는데. 그런고로 『엘리멘탈 서클』, 『엘리멘탈 서클』, 『엘리멘탈 서클』, 『엘리멘탈 서클』, 『엘리멘탈 서클』."

"뀨뀨~. 보라빨강초록노랑초록~."

"뇌화풍토풍—."

"그래도 자신이 부끄러워~. 나는 그런 느낌이 되어버리는구나 싶어서— 근데 뭐 하는 거야 렌?! 그 수상한 장비는 뭔데?!"

나는 데스 채리엇에게 받았던 혈명의 로브를 입었다.

장비를 이것저것 바꿨을 때 서클 발동 확률에 변화가 있는지 검증하고 싶은 거다.

피로 물든 스플래터 느낌과 원령 이펙트의 호러 느낌이 호화롭지요!

"아니, 데스 채리엇이라는 보스가 오라버니가 알몸인 걸 안쓰러워해서 이걸 줬거든."

"뭐어? 아하하하하! 뭐야 그게~~? 그런 일도 가능해?!"

아, 웃었다. 그래그래, 아키라는 웃는 게 최고지.

"그렇다는 생각밖에 들지 않았거든. 죽을 때 억지로 오라버니한테 이걸 입혀줬으니까. 의외로 좋은 녀석이었어. 그러니까 『엘리멘탈 서클』, 『엘리멘탈 서클』, 『엘리멘탈 서클』, 『엘리멘탈 서클』, 『엘리멘탈 서클』."

"뀨~. 검정파랑검정초록검정~."

"암빙암풍암— 뭐어, 그거지. 입장이 반대였다면 나도 네 이놈 마이 베스트 프렌드를, 으그극……! 그렇게 생각했을 테니까, 이제 신경 쓰지 말라고? 여름방학을 즐기자!"

"렌— 고마워. 저기, 나 말이지— 저기…… 그래도—."

아키라는 뭔가 말하고 싶은 것 같았다. 기분 탓인지 뺨도 살짝 분홍빛이다.

우물쭈물한 모습이 여태껏 본 적이 없는 느낌이라서, 무척 귀여웠다.

그리고, 나는 거기서 겨우 깨달았다— 엄청나게 중요한 사실을!

"뭣이이이이이?! 이, 이거어어어어어언?!"

"어? 뭐, 뭔데……? 아, 내 생각을 알아챘어……? 나, 너무 알기 쉬웠나—."

"5분의 3이 암서클로 나왔잖아! 이거 우연으로는 거의 있을 수 없다고! 5퍼센트인데 다섯 번 중 세 번 발동한다니!

좋아, 한 번 더 해보자! 『엘리멘탈 서클』, 『엘리멘탈 서클』, 『엘리멘탈 서클』, 『엘리멘탈 서클』, 『엘리멘탈 서클』!"

"뀨~. 하늘색초록빨강보라검정~."

"수풍화뇌암! 『엘리멘탈 서클』, 『엘리멘탈 서클』, 『엘리멘탈 서클』, 『엘리멘탈 서클』, 『엘리멘탈 서클』!"

"뀨뀨뀨~. 빨강파랑검정초록검정~."

"화빙암풍암! 와, 왔다~~~~~~~! 이건 왔어! 암서클 확률이 올라갔다고!"

즉, 혈명의 로브에 암서클 확률을 올려주는 숨겨진 효과가 있다는 뜻!

그보다도, 『엘리멘탈 서클』의 각 속성 발동 확률은 그때의 장비 속성에 따라 변하는 사양이라는 뜻이다.

그리고 혈명의 로브는 암속성을 올려준다—.

암서클에는 일시적인 HP 부스트 효과가 있다.

그리고 내 오의의 베이스가 되는 암기 아츠 『발도술』은 HP가 적을수록 대미지가 올라가는 사양.

그리고 최대 HP가 높을수록 HP 1일 때의 위력도 올라간다.

즉, HP 부스트 효과는 오의의 대미지 업으로 이어진다는 것! 로망포의 로망이 늘어나는 거다!

암서클을 노리고 낼 수 있다면—.

로망이 더욱 늘어난 로망포가 되어 하데스 로즈를 공략할 가능성이 나올지도?!

“좋았어어! 자, 아키라. 지금부터 『어즈워스 해저 유적군』 오늘 마지막으로 한 번 가자! 데스 채리엇 선생님을 만나고 싶거든!”

“…………”

그러나 마이 베스트 프렌드는 어이없다는 듯도 하고 화가 난 듯도 한, 터무니없이 차가운 시선을 내게 보냈다.

“……어라? 왜 그래?”

“하아아아아아아…… 뭐, 렌은 이렇지. 그렇지—.”

“으~음? 왠지 미안합니다……?”

“아, 아냐. 괜찮아. 신경 쓰지 마. 그럼 가볼까! 어울려줄게!”

아키라는 이젠 익숙해진 싱글벙글 웃는 얼굴로 말했다.

번외편 우정 소환 『아카바네 노조미』!

우리는 오늘 『어즈워스 해저 유적군』에 들어갈 수 있는 마지막 한 번을 쓰러 다시 수상 코티지를 나가기로 했다.

"근데 다섯 명이잖아. 한 명 부족한데 괜찮아?"

야노가 말했다. 에밀리가 돌아가고 말았으니까.

하지만 뭐, 지금은 딱히 문제가 없다.

"그래. 조사니까 다섯 명밖에 없더라도 충분해."

"아, 내가 부를까? 아마 지금이라면 비어있을 것 같은데~."

아키라가 말했다.

"응? 누구를?"

"노조미."

"아아— 그렇게 간단히 부를 수 있게 됐어?"

"응. 렌 덕분에."

"그럼 부탁할까."

"오케이~♪"

그러나 시즈쿠가 그 대화를 듣고 있었다.

"잠깐, 그건 아카바네 류조의 손녀딸인 노조미 양 말인가?"

"네. 그런데요."

"하지만 자네는 아오야기 가의 영애일 텐데. 아카바네 가와 아오야기 가의 불화는 그쪽에서는 유명하지 않나……?"

"가문은 가문, 저희는 저희니까요. 같은 게임을 즐기고 있으니까 취미도 맞고, 서로 이해하지 못할 건 없어요."

아키라는 웃으며 단언했다.

"흐으음— 그렇군…… 자네는 조금 어른이 된 모양이야."

"네……? 무슨 말씀이시죠?"

"아아, 아니. 아무것도 아니야. 잊어다오."

시즈쿠 씨는 어흠, 하고 헛기침을 했다.

"그럼 렌, 노조미 불러올게~."

"알았어. 그럼 잠깐 기다리자."

뭐랄까, 우정 소환『아카바네 노조미』! 라는 느낌이다.

곤란할 때면 아카바네에게 도움을 부탁하는 게 일상화되고 있는 것 같지만—.

꽤 빈번하게 우리 길드에 출입하니까, 그냥 데몬즈 크래프트(악마의 소행)에 들어와도 될지도 모른다.

그렇지만 오라버니의 길드도 있으니까 어렵나?

아무튼 아키라가 연락하자, 잠시 뒤 아카바네가 수상 코티지로 찾아왔다.

"참 잘도 나를 이렇게 가볍게 불러내네요. 이렇게 와줬어요. 감사하시죠."

그렇게 말하면서도, 아카바네는 자신을 의지해줘서 기쁘다는 오라를 풀풀 내고 있었다.

으~음. 오늘도 츤데레로군요.

"불러내서 미안해요~. 노조미."

"뭐, 상관없어요. 따분하기도 했고— 그래서? 그 에밀리 씨는 어디죠? 제가 따끔하게 한마디 해드리겠어요."

"아, 아니에요. 에밀리는 벌써 돌아가서—."

"어? 그런가요?"

"그래. 남편이 마중을 나왔거든."

"어? 남편이라니……?"

"그야 에밀리는 결혼했으니까— 그 남편이 왔는데."

"에에에에에에엑?! 잠깐, 이야기가 틀리잖아요! 그렇게 심각해서, 자칫하면 타락하지 않을까 했었는데—!"

"자, 잠깐 노조미……! 그건 이제 됐으니까요—!"

"대체 무슨 이야기를……?"

"아니, 아무것도 아니야 아무것도 아니야!"

"그, 그래요! 아무것도 아니에요!"

아키라와 아카바네가 저마다 내게 고개를 내저었다.

"……뭐, 상관없지만— 아무튼 『어즈워스 해저 유적군』이라는 던전에 들어가려고 하는데, 인원이 부족하거든. 그래서 시간이 비면 와줬으면 해서."

"아, 그렇군요. 그거였나요. —상관없어요. 『어즈워스 해저 유적군』은 오라버니도 즐거웠다고 하셨으니까……."

"하지만— 자네들 남매는 차림새에 너무 문제가 있지 않나? 오빠보다는 훨씬 낫지만, 그렇게 외설스러운 차림새를 아직 학생인 아이가 입고 있는 건 못마땅한데."

시즈쿠 씨가 아가바네의 차림새를 보며 말했다.

평범한 소드 댄서 의상이지만— 확실히 노출도가 높다. 그래도 소드 댄서는 이게 평범한 거다. 나는 괜찮다고 생각하는데 말이지.

그래도 어엿한 어른인 시즈쿠 씨가 보기에는 좀 그럴지도 모른다.

"딱히 저는 상관없어요. 누가 봐서 부끄러운 부분은 없거든요."

뭐, 아카바네도 아키라에게 뒤지지 않으니까.

아름다운 계열과 귀여운 계열로 계통은 다르지만—.

"아니, 그런 문제는 아닌 것 같은데⋯⋯ 여성으로서의 조신함 문제다."

그걸 들은 아키라가 내게 귓속말을 했다.

"왠지, 시즈쿠 씨가 있을 때는 계속 유카타를 입는 게 나을 것 같아."

"하긴, 그러게. 일부러 풍파를 일으킬 건 없지."

우리는 서로 수긍했다.

그 후, 아키라는 생긋 웃으면서 아카바네에게 제안했다.

"시즈쿠 씨가 신경 쓰시는 것 같으니까— 그럼 노조미도 유카타로 갈아입을래요? 유카타가 아직 남았어요. 이거 성능도 좋다고요."

"어머, 그렇게 말한다면 그럴까요?"

그렇게 아카바네도 유카타로 갈아입었고—.

"좋았어! 그럼 『어즈워스 해저 유적군』으로 갈까!"

다시 입구로 가서 애니 목소리의 사자 머리에 『전이석』을 먹였다.

이번에는 B6F로 워프다.

데스 채리엇 선생님을 노리러 가자—!

그러나!

주르륵주르륵주르륵주르륵주르륵주르륵주르륵주르륵주르륵주르륵주르륵주르륵!

몬스터 하우스다!

아무래도 이 계층에서는 몬스터가 대량 발생한 모양이다!

""""""""""으갸악~~~~?!""""""""""

모처럼 우정 소환했는데 이거냐 이 자식아!

망겜이냐고, 운이 너무 안 좋잖아!

우정 소환 『아카바네 노조미』는 헛수고로 끝났습니다, 죄송합니다!

■작가 후기

먼저 이 책을 손에 들어주셔서 정말 감사합니다.

VRMMO 학원에서 즐거운 마개조 가이드 5권입니다.

여름방학편이라서 바다에 리조트에 축제에 유카타 등등―.

여러 가지를 담은 내용이 되었습니다!

사실 이번 권은 원고가 완성되기 한참 이전 단계부터 "이번에는 여름방학이라서 게임 안에서 유카타를 입을 테니까, 표지는 아키라의 유카타 차림으로 하죠!"라고 편집자님께 선언하고 적었습니다만―.

끝나고 보니까, 제대로 표지와 내용을 맞춰서 낼 수 있게 되었기에 안도하고 있습니다.

제 작품에서 5권을 쓰는 건 처음인데, 이렇게까지 이어지게 되면 소재를 생각하는 것도 고생이라서 억지로 쥐어 짜내는― 그런 일은 없이 즐겁게 쓸 수 있었습니다.

원래 라노벨 작가가 되기 전에는 완벽하게 온라인 게임 폐인 생활을 보내고 있었는지라, 온라인 게임 이야기 소재는 얼마든지 솟아납니다! 그래서 글을 쓰고 있으면 멋대로 캐릭터가 움직여서 이야기를 만들어주는 것 같기도 합니다.

정말로 그때는 회사원 일을 하면서 자유로운 시간을 전부 투입해서 온라인 게임을 했었기 때문에, 겸업 라노벨 작가로 클래스 체인지한 지금보다도 수면 시간이 짧았습니다.

올해는 본업 쪽은 변함이 없지만, 라노벨 작가 일은 예년보다 많아진지라 꽤 바쁩니다.

그래도 그때와 비교하면— 그런 생각을 하면서 깨작깨작 집필을 이어가고 있습니다.

경추증으로 목이나 어깨가 아팠던 것도 다소 개선되어서 조금 편해지기도 했고요.

3만 엔 정도 하는 좋은 의자를 샀던 게 좋았던 걸지도 모릅니다.

올해부터는 제 방에 에어컨도 들어왔고, 집필을 위한 작업 환경이 조금씩 좋아지고 있다는 걸 느끼고 있습니다.

계속해서 노력하고자 하므로, 잘 부탁드립니다!

마지막으로 담당 편집자 N님, 일러스트 담당을 맡아주신 아키타 히카 님 및 관계 각처 여러분, 대단히 진력해주셔서 감사합니다.

유카타 일러스트 최고였습니다! 다음에는 데스 채리엇 선생님 장비를 부탁드립니다!

그럼 또 뵙겠습니다.

■역자 후기

안녕하세요. 불초 역자입니다.

얼마 전 방에 TV를 들여놨습니다. 목적은 오로지 게임을 위해서입니다. 작은 모니터 화면이 아니라 대형 TV 화면, 그리고 4K 화질로 게임을 하고 싶다는 마음에서였죠. 그걸 위해 극심한 경쟁률을 뚫고 차세대 게임기도 샀습니다. 정작 가장 노리고 있던 게임은 막상 뚜껑을 열어보니 버그 잔치에 소비자 기만에 기타 등등 막대한 문제가 있어서 참 김이 새버렸지만, 그래도 게임 환경이 좋아진 건 흐뭇하네요. 앞으로의 게임 라이프가 기대됩니다.

본편은 여름방학 기념으로 아키라의 라이벌(?)이 등장하고, 이번에도 어려운 던전이 가로막습니다. 던전이야 렌이 어련히 알아서 잘하겠거니 하는 마음이 있는데, 이번에는 아키라가 한 발짝 전진하는 계기가 되지 않았나 싶네요. 아무래도 검증 바보인 렌보다는 아키라가 조금 더 적극적으로 대시하려는 마음이 있느니만큼, 그녀도 이제 슬슬 각오를 다지지 않을까 싶습니다. 노조미도 옆에서 도와주고 있고요.

다음 권에서는 두 사람의 관계가 어떻게 바뀔지, 그리고 던전 공략의 실마리를 찾을 수 있을지 기대해보면서, 후기는 이쯤 하도록 하겠습니다. 다음 권에서 뵙겠습니다.

VRMMO 학원에서 즐거운 마개조 가이드 5

초판 1쇄 발행 2021년 3월 10일

지은이_ Hayaken
일러스트_ Hika Akita
옮긴이_ 이경인

발행인_ 신현호
편집부장_ 윤영천
편집진행_ 김기준 · 김승신 · 원현선 · 권세라 · 유재슬
편집디자인_ 양우연
관리 · 영업_ 김민원 · 조인희

펴낸곳_ (주)디앤씨미디어
등록_ 2002년 4월 25일 제20-260호
주소_ 서울시 구로구 디지털로 26길 111 JnK디지털타워 503호
전화_ 02-333-2513(대표)
팩시밀리_ 02-333-2514
이메일_ lnovelpiya@naver.com
L노벨 공식 카페_ http://cafe.naver.com/lnovel11

VRMMO GAKUEN DE TANOSHII MAKAIZOU NO SUSUME 5
~ SAIJYAKU JOB DE SAIKYOU DAMAGE DASHITE MITA ~

ISBN 979-11-278-5880-3 04830
ISBN 979-11-278-4561-2 (세트)

값 7,800원

곰 곰 곰 베어 1~13권

쿠마나노 지음 | 029 일러스트 | 김보라 옮김

게임이 현실보다 재밌습니까?—YES
현실 세계에 소중한 사람이 있습니까?—NO

……온라인 게임 설문 조사에 대답했을 뿐인데
말도 안 되는 이세계(아마도)로 내던져진 나, 유나.
은톨이 경력 3년의 폐인 게이머.
맨 처음 장착하게 된 장비템이 『곰 세트』라니…….
이게 무어야—!?
하지만 세고 편하니까 뭐, 괜찮으려나?
울프를 쓰러뜨리고, 고블린을 쓰러뜨리고
극강 곰 모험가로서 일단 해볼까요.

은둔형 외톨이 소녀, 이세계에서 무적의 곰 모험가가 되다!

L NOVEL

라이트노벨의 새로운 빛! L노벨의 신간은 매월 10일에 발매됩니다. http://cafe.naver.com/lnovel11